# PlanDemonium

## Apocalypse

*Rémy de France*

ISBN : 9798836415389
**Marque éditoriale :** Independently published

©tous droits réservés lindigene@protonmail.com

*Si je suis venu jusqu'à toi,*
*C'est que je te suis destiné.*
*Sois° dans mon rôle de messager,*
*Sois° dans le tien.*
*Lis-moi, et tu sauras.*

— Ce Livre

AVERTISSEMENT

**Ce livre, son auteur et tous les détenteurs de ce document, sont protégé par la Déclaration Universelle des Droits de l'Homme de 1948 ; il devient ainsi un support de Vérités et doit être employé à l'exposition du mal afin d'ouvrir les consciences.**

L'Auteur a décidé de signer son ouvrage sous le pseudonyme de « Rémy De France », par précaution pour sa propre vie, mais aussi parce qu'il a conscience de la puissance des révélations qu'il a transcrit. Les mensonges et les vérités qui y sont dévoilés sont d'une importance cruciale et pourraient mettre à mal le plan des forces obscures dominantes.

Ce livre a été écrit dans la Vérité, l'Amour et la Beauté de la Création, afin de vous aider dans votre voyage jusqu'au plus profond de votre Âme pour sonder les tréfonds du PlanDémonium. Vous en ressortirez grandi et armé de vos vérités, ainsi vous pourrez pleinement vivre avec la compréhension totale du narratif, et participer au changement en cours.

Cet ouvrage est un cadeau offert à l'Humanité, afin que celle-ci s'éveille, récupère son « Pouvoir » et prenne conscience de ses actes et des responsabilités qui en découlent. A ce titre, les mots qui y sont écrits n'appartiennent pas à l'auteur, ils appartiennent au règne du Vivant dans son intégralité.

_ l'Auteur

**APOCALYPSE** : Du Grec « APO » et « CALYPSIS » ; signifie littéralement « enlèvement du voile ». Plus tard traduit par « révélation », ou « mise à nue de la vérité ».

Avant, ce terme était synonyme de « fin du monde »…

… Car on considérait que l'homme n'était pas capable de voir la vérité cachée derrière ses propres illusions et mensonges.

# SOMMAIRE

| | |
|---|---|
| Avant propos | 10 |
| Préface | 15 |
| Partie 1 : le mensonge | 21 |
| Un monde inversé | 25 |
| Croyances limitantes | 30 |
| Les fraudes | 40 |
| La fraude du NOM légal | 41 |
| La fraude de l'histoire | 51 |
| La fraude du globe | 53 |
| La fraude des énergies fossiles | 73 |
| La fraude à la santé | 159 |
| Partie 2 : La Création | 163 |
| La création du monde dans la Genèse | 163 |
| La Matrice | 166 |
| Le système | 169 |
| « Les Autres » | 169 |
| Les PO (Portails Organiques) | 171 |
| Les égrégores | 173 |
| Partie 3 : PlanDémonium | 178 |
| La lettre d'Albert Pyke | 180 |
| Les protocoles de Toronto | 183 |
| L'aurore rouge | 198 |
| Partie 4 : Libération | 213 |
| Prendre conscience | 214 |
| Les évangiles gnostiques de Nag Hammadi | 216 |
| L'Hypostase des Archontes | 218 |
| Le blé et l'ivraie | 225 |
| Documents et annexes | 229 |
| Gratitude | 257 |

# AVANT PROPOS

**On nous ment !**

Nous vivons à une époque où les valeurs sont inversées : tous les politiciens sont des Franc-maçon, ou initiés à la doctrine du « mensonge ». Ils sont tous potes, tous satanistes, voleurs, pédophiles, assassins et profondément pervers et déviants !

Si vous ne me croyez pas, regardez avec vos propres yeux : la fête de la musique où Macron et « son mari », Jean Michel Trogneux (Chibritte), ont exhibés des « troubadours » « immigrés, noir et pédé »… Je n'invente rien, et vous pouvez chercher par vous-même : c'était écrit sur son t-shirt. Et ce n'est qu'un petit détail, mais pour en avoir de plus croustillant, il faudrait vous rapprocher de Prune et de Natacha Rey qui ont largement investigué sur ce sujet appelé « transvestigation »…

Sans compter sur les innombrables chefs d'accusations que nous, Peuple Souverain, retiendront jusqu'à l'avènement de la Vérité : haute trahison, trafics d'êtres humains, et génocide du vivant en bande organisé sur le peuple français et, plus largement, dans le monde entier. Nous pouvons y rajouter aussi le viol de toutes les lois internationales et notamment de celles de la Déclaration Universelle des Droits de l'Homme de 1948.

Et ce n'est là que les joyeusetés de CE gouvernement. Sachant que les précédents n'ont pas fait mieux. Mais avant internet, il était impossible d'avoir d'autres informations que la propagande étatique. Il y a fort à parier que les gouvernements suivants continueront leur sale besogne, accélérant jour après jour l'asservissement des « Uns » au profit des « Autres ».

Les élections 2022 passée, aucune surprise : Macron est réélu et s'empresse de refondre son nouveau gouvernement pour nous la mettre plus profond. C'était prévisible : Attali a sorti tous ses poulains pour que les esclaves asservis au Système aillent choisir leur « meilleur » bourreau. Et tels des programmes informatiques, ces derniers ont consenti à remettre le système en route…

Est-il normal, en tant qu'Êtres Vivants Conscients et Respirant, que « les Autres » violent nos droits les plus naturels à grands coups de 49.3, de divisions et de mensonges éhontés ? Il faut croire que les gens ne valent pas mieux que ce qu'ils acceptent.

« Les Autres » ont besoin de notre consentement pour faire tourner leur(s) Système(s). Ils savent qu'ils ne peuvent rien sans ces précieux accords.

Et parce que ce sont des satanistes, ils sont parfaitement au courant des Lois Universelles, de l'ésotérisme, de l'occultisme, du subtil, du pouvoir des symboles et des égrégores.

« Le plus gros mensonge du diable, c'est de vous faire croire qu'il n'existe pas. »

D'ailleurs, ils y croient au « diable », « les Autres ». Il faut comprendre que chez eux, tout est rituels et sorcelleries. Les événements arrivent à des dates choisies parce qu'ils ont la conscience du subtil, de la numérologie, des vibrations, de la puissance des mots et des égrégores qui s'y rattachent. Ne vous y trompez pas, c'est bien une religion qu'ils pratiquent.

Mais la vérité ne peut pas être entière si on ne comprend pas que cette « Matrice » a été créée par les Archontes qui se nourrissent grâce aux égrégores…

Nos politiciens sont donc par définitions, des coquilles vides, sans âme, et dépourvus d'humanité. C'est la raison pour laquelle ils n'ont d'yeux que pour le pouvoir, « quoi qu'il en coûte ». Les rituels sataniques à base de tortures, viols, meurtres sur des enfants, et le plus souvent des bébés (leur meilleur met) ne leur suffisaient plus pour se repaitre… Leur maitres sont passé à la vitesse supérieure et c'est tout le règne du vivant qui est aujourd'hui menacé !

« Les Autres » ne sont pas humains : il faut être profondément con, ou sous hypnose pour ne pas le voir, à moins d'être dans le déni. Ou de faire parti du « jeu ».

Que faire alors ? S'instruire en premier, et diffuser la vérité ensuite. Ainsi l'humanité pourra enfin choisir de son plein et libre arbitre éclairé l'avenir de nos enfants.

C'est le rôle de l'ouvrage tenu entre vos mains : rétablir un peu de vérité, vous faire prendre conscience des mensonges afin que vous alliez chercher votre Vérité.

**Vous n'avez qu'une vie, et personne ne la vivra à votre place, alors pourquoi acceptez-vous de la remettre entre les mains des pires criminels que la Terre ait eu à porter ?**

## PREFACE (de Juste Lumière)

« Si on doit la comparer à un iceberg, la partie visible de cette matrice est la partie terrestre. La plus grosse parti est dans le subtil, l'énergétique : là où elle nait, là où elle œuvre et c'est la partie qui échappe à la plupart des humains, car ils sont déconnectés de ce monde, volontairement, et avec consentement…

Pour remonter à l'histoire de la création de cette matrice, il y a la Source Divine et toutes les créations (les enfants de cette Source) qui expérimentent selon les Lois Divines dont celle du libre-arbitre. Certaines de ces entités, dans leur libre arbitre, ont souhaité se détourner de la Source, se couper d'elle et ont souhaité devenir comme elle en retirant l'amour inconditionnel et en mettant à la place le pouvoir et l'asservissement.

Etant donné que ces races, ces entités, se sont coupé de la Source Divine, elles sont devenues des êtres « finis » (les Archontes) où pour perdurer ils doivent sans cesse vampiriser des énergies à droite et a gauche… Pour se faire, ayant perdu le pouvoir de création, et pour créer leur monde et cette matrice (et ce n'est pas la seule), ces « êtres » ont dû utiliser le pouvoir créateur d'autres entités, qui bien que « naïves », sont toujours connectés à la source (des jeunes âmes ?). Elles se sont laissé séduire par les propositions de ces Archontes détournées de la Source…

Donc cette matrice à vu le jour en quelques sortes grâce à la race humaine, par son pouvoir de création qui a été détourné. La race humaine n'est pas que victime, elle a consentie à cela d'une manière ou d'une autre, et consent encore aujourd'hui. On peut voir, pour ceux et celles qui le veulent, que la masse humaine continue et va droit dans le mur. Le troupeau ne se réveille pas par divers choix (confort, déni…) et surtout parce que la vérité est tout bonnement horrible…

L'humain, au fond de lui, sait qu'il est là pour expérimenter le bon, le vrai et le beau et pour vivre paisiblement. L'humain a cette partie douce en lui, mais il a aussi une autre partie Guerrière… Sur cette planète l'humain a deux choix : celui de s'endormir (ce qui ne lui évitera pas de subir les plans de l'ombre), ou de faire ce qu'il faut dans son cœur, dans son amour et sa force pour se délivrer.

Pour revenir à ce phénomène de « matrice-prison », on s'en libère par la connaissance et par l'identification de ce qu'il se passe en prenant conscience de sa responsabilité individuelle... A chaque fois que nous consentons à divers plans de l'ombre, ou lorsque nous imposons quelque chose de négatif à quelqu'un qui ne dit rien, énergétiquement il y a un contrat qui se passe : « qui ne dit mot consent ». Et depuis toujours les plans, les races prédatrices, les gouvernements de l'ombre sont exposés au nez et à la barbe des humains. Puisque 90% des humains ne disent rien, les plans continuent de passer. Le plan transhumaniste, le projet Bleue Beam, les camps FEMA, le projet Aurore Rouge, et bien d'autres... Cherchez ces sujets, ils vous mèneront sur d'autres choses...

L'humain s'est emprisonné lui-même par consentement, consciemment ou inconsciemment. Tant qu'il ne contrôle pas ses émotions, qu'il n'a pas conscience que ses pensées ne lui appartiennent pas, que tout est mis en place par ces entités, et qu'il continue à nourrir ces égrégores et de croire à toutes ces croyances limitantes (religion, Newage, dogmes...) et tout ces programmes, tous les plans de l'ombre seront là que pour fortifier cette prison énergétique.

Pour ceux qui suivent le Newage et « l'ascension », le fait de vouloir ascensionner en 5D est en réalité consentir à renforcer cette « matrice-prison-énergétique ». Les races de l'ombre ont ce projet de vous faire croire que vous aurez droit à plus de liberté (on peut comparer ça à un poulailler où les poules sont enfermées, parquées, et que le responsable de ce lieu décide d'ouvrir les portes pour qu'elles aillent dehors. Mais dehors, c'est toujours grillagé avec l'impossibilité d'en sortir… ), que vous avez votre libre-arbitre, et que vous avez choisit votre « incarnation » avec les épreuves que vous traversez et les gens que vous côtoyez…

Pour résumer, cette matrice-prison-énergétique existe sur le plan terrestre et dans les plans subtils ; et tous ceux qui ont réussi à se reconnecter à la Source et se servir de leur glande pinéale savent très bien ce qu'il se passe de « l'autre coté ».

Lorsque les humains vont se réveiller en masse sur ces Vérités et faire le boulot pour reprendre leur souveraineté, les races prédatrices vont voler en « 30 secondes »… Et les humains reprendront leur cours normal d'évolution, de fraternité et de partage. La race humaine doit se réveiller, sinon les plans de l'ombre passeront et il deviendra difficile pour cette masse humaine qui plongera avec…

Ce n'est pas de la fatalité ou du négatif, c'est simplement ce qui Est.

Je suis le premier à aimer la joie, le partage, le bonheur, et il est hors de question que je fasse un déni de ce qu'il se passe autour de moi pour préserver cela. Rien ne vaut plus à mes yeux que la vérité et la réalité, et dans ce que Je Suis, je dois agir sur cela en conscience, en connaissance, en souveraineté et avec la force et le courage du cœur directement rattaché au Divin, car avec le Divin nous sommes tout. Si je dois me mettre en colère pour préserver ma joie, je le ferai, si je dois cogner, je cognerai… En tant qu'Être et Fils créateur de la Source, le discernement de cœur et l'intelligence Divine sont des vertus importantes qui ne doivent pas être oubliées.

Dans l'Univers tout est énergies, fréquences et vibrations : un Alchimiste est celui qui va savoir utiliser les bonnes énergies au bon moment et au bon endroit. L'Amour n'est pas la réponse à tout, l'Amour est la réponse à l'Amour ; en aucun cas elle ne peut être la réponse à la haine. L'Alchimiste le sait. Alors au diable les « Bisounours », ces donneurs de leçons inconscients (ou pas) aux ego (faussement) spirituels et démesurés qui sont largement utilisé par ces entités involutives.

N'oubliez jamais que ces entités n'ont aucun amour, aucun respect et aucune compassion pour l'humain. Ils souhaitent nous détruire et utiliser nos énergies jusqu'à la dernière goutte… »

_ Juste Lumière.

# PARTIE 1 : LE MENSONGE

**Mensonge** : Assertion sciemment contraire à la vérité ; l'acte de mentir, les fausses affirmations. Synonyme de Contrevérité et Tromperie.

**[Ment Songe]** : un rêve qui ment, une illusion

« *Le mensonge donne plein de fleurs mais aucun fruit.* »
_ Samuel Stemmer.

Définir le Mensonge dans lequel nous vivons, c'est un peu comme ouvrir la boite de Pandore : on y trouve tous les maux ! La Colère pour commencer, distillée parmi les peuples par les esclavagistes, se chargeant de nourrir les égrégores en charge du maintien de la haine sur terre. Pareil pour la Vieillesse, la Maladie, le Vice, la Tromperie, la Passion, l'Orgueil, la Guerre, la Famine, la Misère, la Folie et l'Espérance.

C'est toujours les mêmes qui les sèment au sein des peuples et pour les mêmes raisons : ils en ont besoin pour exister. Le pourquoi et le comment nous apparaitra plus tard, au fil des pages…

Ce que dit la programmation : Les règles sont établies par d'autres. Ces « Autres » nous dictent nos pensées, nos besoins, nos droits, nos devoirs, nos obligations, nos croyances et nos connaissances… « Les Autres » se permettent même de changer ces paramètres selon « leur bon vouloir », ce qui provoque chez la plupart d'entre nous une profonde dissonance cognitive en fonction de notre niveau d'asservissement, d'instructions et des connaissances acquises tout au long de notre vie. Une preuve simple que tout le monde a vécu : l'abaissement de la limitation de vitesse à 80km/h… Pour 10km/h de moins, l'état n'a jamais généré autant de bénéfices via les amendes, et ce n'est là qu'un tout petit exemple.

Cet état de choc leur est nécessaire afin de capter notre attention, d'obtenir notre consentement et notre obéissance ; leur objectif est de garder le contrôle, c'est pourquoi cet état doit être permanent.

C'est un peu comme si nous jouions une partie d'Echecs contre un adversaire qui n'aurait que des Dames, qui changerait les règles à son avantage dès que nécessaire, allant jusqu'à tourner le plateau, inversant ainsi le sens du jeu. C'est aussi avec ce genre de principes qu'on dresse les animaux ; ce que nous sommes à leurs yeux dans le meilleur des cas. Et dire qu'il suffirait d'arrêter de jouer selon leurs règles…

Mais revenons à ce que nous sommes et ce qui est.

Nous arrivons sur Terre, et tout de suite nous disposons d'un corps pour nous déplacer, de capacités sensorielles pour ressentir le Monde et de moyens de communications pour interagir avec nos semblables.

Outre le fait que nous soyons des Êtres purs à notre arrivée, dans la plupart des cas nous sommes aussi source de joies et d'amour pour nos géniteurs, c'est là notre première belle action dans ce monde, et le comble c'est que cette « action » est réalisée sans effort… Et dès notre entrée dans le système. « Les Autres » nous imposent par la suite leur programmation : fausses religions, éducation involutive, formation (forme-à-Sion), fausses informations, peurs et consentement tacite (= *parce que « c'est comme ça » ou « on n'a pas le choix »* semble être des arguments suffisant pour les endormis).

C'est ici la base de l'identité, et donc de l'individualité poussée vers un égocentrisme pervers, et donc de la division des peuples… « Diviser pour mieux régner » prend maintenant tout son sens.

Le Mensonge global a été créé pour maintenir les populations sous contrôle et dans l'ignorance de leur propre nature, dans une sorte de « prison cérébrale » afin de les mettre en souffrance et ainsi nourrir et maintenir les égrégores millénaires, gardiens des maux de la boite de Pandore en voyage ici sur Terre…

Claire Séverac les avait dénoncés dans ses ouvrages :

*« Les mêmes Banksters confisquent les semences, achètent toutes les réserves d'eau, polluent les océans et les terres du monde entier avec leurs OGM, pesticides et autres produits chimiques toxiques ; ils nous soumettent à des vaccins qui détruisent notre système immunitaire puis nous pulvérisent comme des cafards et nous exposent à des produits chimiques qui nous rendent malades ; ils nous empoisonnent avec la nourriture et nous empêchent de nous soigner librement, nous enlevant les chances de guérir...*

*Ils rendent nos enfants autistes, illettrés, abrutis et stériles pendant qu'ils sortent de leur chapeau la GPA, les manipulations génétiques, l'ectogenèse...*

*Les bébés se feraient en dehors du corps de la femme, dans un utérus artificiel... Mais un bébé qui grandit dans une boîte, sur des rayonnages, sera-t-il encore un être humain ? Le rêve des maîtres du monde si bien décrit par Aldous Huxley est à notre porte : l'enfant ne serait plus le résultat de tout un inconscient transgénérationnel, d'une histoire, des quelque sept mille connexions de neurones établies dans le dialogue qu'il a avec sa mère in utero, ces milliards d'informations impalpables qui le façonnent... »*

Claire Séverac _ La Guerre Secrète Contre Les Peuples

## UN MONDE INVERSE

**Inversé** : qui a pris réciproquement la place, la position de l'autre ; qui est orienté dans le sens contraire au sens initial. Synonyme de contraire, antipode, opposé

« Monde » est l'anagramme de « démon ».

*« Un esprit qui vit dans un monde inversé pense en sens inverse de la réalité. »*
\_ Auteur inconnu.

Nous vivons donc dans un Monde qui fonctionne à l'envers… Valeurs contre-nature, classes dirigeantes assassines, destruction du vivant, consumérisme morbide, ressources vitales empoisonnées et monnayables, sexualité dépravée et nuisible, mise en esclavage, servitudes, lois délétères…et j'en passe.

Oui, ce Monde qui nous est imposé est bien un « démon ». Nous vivons à l'image du bûcheron sciant la branche de l'arbre sur laquelle il est assis, et, pour beaucoup, sans en avoir conscience.

Rappelons-nous simplement de ce qui est : la Vie.

**1er besoin vital : RESPIRER.** C'est ce que nous faisons de façon permanente et inconsciente à chaque instant, et c'est pareil pour tout le règne du Vivant. Sans air, rien ne vit. Et si l'air est empoisonné ou vient à manquer, c'est la mort assuré. Alors, masque ? Ou pas masque ?

Feu Claire Séverac a mené de larges enquêtes sur les chemtrails, prouvant leur provenance, leur composition, leur but (voir son livre « la guerre secrète contre les peuples » largement cité au travers de ce livre), et pourtant à l'heure où nous sommes le plus empoisonnés, encore trop peu s'y intéressent, préférant l'illusion d'une vidéo inutile trouvé sur leurs réseaux sociaux préférés où un chaton se fait caresser ou maltraiter, plutôt que de lever les yeux au ciel et constater par eux-mêmes le génocide quotidien en cours…

Non, il est plus simple pour « les Autres » de vous faire culpabiliser d'avoir un vieux diesel et de vous rendre coupable de crimes contre la couche d'ozone par l'émission de CO2, tentant de vous vendre à prix d'or une voiture électrique, aux conséquences désastreuses à grande échelle par le simple fait de sa production. C'est ce qu'on appelle une « inversion accusatoire ». Un psychologue vous expliquerait que c'est le propre des manipulateurs et des pervers narcissiques, qui en général sont de profonds psychopathes.

Alors, que font-ils au « pouvoir » ?

**2ème besoin vital : BOIRE** (de l'eau) : Pas d'eau, pas de vie ; en tous cas pas sur cette planète. L'eau est gratuite, abondante et inépuisable à l'état naturel. Nos corps sont eux-mêmes constitué d'eau entre 60 et 65% selon les différentes sources, il nous est donc vital de nous hydrater aussi souvent que possible. Si notre corps est une mécanique, l'eau en est l'un des principaux constituants.

Et évidement, nous ne sommes pas les seuls à en avoir besoin : tout le règne du vivant (sous entendu, les humains, les animaux, les végétaux et même les minéraux) à besoin de ce liquide vital.

Le système l'a rendue payante, et empoisonnée : l'eau qui sort de votre robinet, facilement accessible à tous, est bourrées d'additifs, de métaux lourds, et divers poisons. Cela est dû aux « retraitements » des eaux usées et c'est entièrement voulu par « les Autres ».

Et quand vous achetez de l'eau en bouteille, elle n'est pas forcément meilleure, mais vous payez votre droit à la Vie, même si l'eau en question est en réalité du poison… La pluie ? N'y comptez pas : les chemtrails diffusent leurs poisons dans les nuages qui retombent sous forme de pluies, détruisant lentement mais surement toutes forme de vie, créant dégénérescences et cancers en tous genres.

**3ème besoin vital : MANGER**, ou plutôt se nourrir. Aujourd'hui, on chasse notre viande et on pêche notre poisson avec du fric au supermarché… Non content de nous faire participer à l'exploitation et au génocide animal et du Vivant dans sa globalité, « les Autres » d'un commun accord avec leurs semblables, ont misé gros sur l'empoisonnement de notre nourriture. Là où avant notre nourriture était notre médecine, elle est devenue une autre source de maladies en tous genres : qu'elles soient auto immunes, de nature cancéreuses ou vecteur de propagation d'autres (soi-disant) virus, tout est mort et frelaté.
Ne vous y trompez pas, c'est aussi voulu.

**4ème besoin vital : SE LOGER**. Là encore on doit payer pour avoir le privilège de dormir sous un toit. Et ce toit n'échappe pas à la règle « des Autres » : le poison y est assurément, mais de manière bien plus vicieuse.

L'habitat est en béton (tombe) pour que vous ne soyez pas connecté à la Terre, on y trouve des « Linky » qui diffusent massivement des ondes nocives pour le vivant, comme si le fait d'être un mouchard n'était pas suffisant…

Il y a aussi un four micro-ondes pour tuer le peu de vivant qu'il reste dans votre assiette (et si ça ne faisait que ça !), ou encore une télévision et sa télécommande (la télé commande la vision du monde) pour vous diffuser des programmes (et donc vous programmer), vous empoisonner l'esprit et corrompre votre cœur.
Et pour ça aussi vous payez, il y en a même qui se battent pour en acheter lors de « soldes »…

Des besoins vitaux, il y en a d'autres ; communiquer (on vous met un masque et vous restez chez vous), cohésionner (mais pas à plus de six), créer (mais pas sans l'aval de l'état), aimer (selon le dogme imposé par les pervers), se soigner (mais seulement avec les poisons de BigPharma) etc… Vous l'aurez compris : partout où il y a des besoins naturels, il y a des lois scélérates pour les contrôler et un peu de pognon (« de dingue ») à faire…

*« L'individu est handicapé de se retrouver face à face avec une conspiration si monstrueuse qu'il ne peut pas croire qu'elle existe. »* _J. Edgar Hoover, Patron du FBI

Nous sommes des Êtres profondément sociaux et bienveillants, et nous avons besoin des « Uns ». Nous avons aussi besoin de retrouver notre liberté, celle qu'on n'a jamais connu, celle qui fait peur aux « Autres ».

Tout ce que vous venez de lire, « les Autres » l'ont parfaitement compris, et dans leur « pacte secret » visant à l'asservissement et à la destruction de ce que nous sommes, n'ont laissé aucune échappatoire pour ceux qui refusent de sortir de leur « programmation ».

Tout est business et contrats et est profondément involutif. Si cela ne se limitait qu'à la matière, il serait facile de s'en dépêtrer et de faire autrement. Mais ce n'est que la partie immergée de l'iceberg : le plus gros morceau que « les Autres » nous cachent est invisible à nos yeux d'humains, mais terriblement palpable lorsqu'on choisit de s'en remettre au Grand Tout.

« Les Autres » on besoin des « Uns » pour vivre et exister. Les « Uns » n'ont pas besoin des « Autres » puisqu'ils sont légitimes.

*« Le Mal est puissant, mais le Divin est Tout-Puissant »*
_ Juste Lumière.

« Avoir besoin les uns des autres » est donc un mensonge, un sort, une programmation. Nous n'avons pas besoin des « Autres », nous avons besoin des « Uns », uniquement.

Entendons par « Uns » les individus respirant et conscient de ce qu'ils sont.

## CROYANCES LIMITANTES

**Croyance** : action de faire croire quelque chose vraie, de vraisemblable ou de possible ; ce que l'ont croit (surtout en matière de croyances religieuse)

**Langue des oiseaux** : [Croix-Anse] : une croix munie d'une anse ( ?) ; comme on porterait de l'eau dans un seau par son anse, nous portons le fardeau du mensonge symbolisé ici par Jésus sur sa croix. Si l'eau est d'une absolue nécessité à la Vie, le mensonge l'est tout autant pour l'existence des «Autres»...

*« Une croyance limitante est un état d'esprit, une conviction ou une croyance que vous pensez être vraie et qui vous limite d'une certaine manière dans votre esprit conscient ou inconscient, et limite vos interactions avec les autres, ou avec le monde et son fonctionnement »* _ Sirius.

La première croyance limitante imposée est La Mort.

Dans notre éducation, La Mort est synonyme de « fin ». Donc, avec cette épée de Damoclès au dessus de nos têtes, il est évident que les meilleurs « clients » au mensonge aillent se précipiter pour se faire injecter leurs cocktails de poisons dès que leurs maitres (« les Autres ») sonnent le tocsin.

Grâce à ce mensonge sur La Mort, les esclaves serviles sont aux ordres, prêts à défendre leurs bourreaux et à les réélire dès l'apparition d'un autre épouvantail. Rien d'étonnant : « Les Autres » ont étudié pendant des millénaires les réactions des gens face à la peur, et donc La Mort. On nous programme à voir peur de La Mort, et c'est ainsi qu'on a tous entendu « il faut bien gagner sa vie », même si nous l'avons déjà (c'est d'ailleurs notre seule véritable possession).

Le programme (ou croyance limitante) en vigueur est qu'il n'y a rien après La Mort, pas plus qu'avant la naissance. Et entre les deux, ont vit…

Cette période de Vie est propice pour engraisser « Les Autres », les dirigeants et actionnaires de BigPharma qui provoquent (de connivence avec les Mosento et Compagnies) maladies, dégénérescence, destruction et génocide au nom de leur « saint » profit et leur « divin » Veau d'Or. Leurs outils préférés étant les Maux de la Boite de Pandore.

L'humain a-t-il si peu d'amour propre pour croire en cela ? C'est encore ce que « Les Autres » nous programme à croire, et ça marche (à peu près).
Mais La Mort ne serait-elle pas plutôt « l'Âme Hors » ? Sous entendu, en dehors du corps physique ?

Les Anciens et les peuples Natifs savent que ce que nous appelons « La Mort » n'est qu'un changement d'état, et si les nombreux témoins d'expériences de mort imminentes (EMI) sont trop peu pris au sérieux dans leurs déclarations, c'est aussi parce que « Les Autres » tiennent à entretenir leur Mensonge. Il ne faudrait surtout pas qu'on puisse voir une porte de sortie de l'enfer qu'ils nous font vivre ; et l'entretien de la peur du « rien » après la mort est primordial pour que les esclaves « se tiennent sages » tout en étant productifs…

Les peuples Natifs nous apprennent que tout est cyclique, tout recommence, tout se transforme, tout est Un et tout est « rien ».

Le « rien » en question est une vue très occidentale du Grand Tout, parce que jamais rien n'est vide de tout. Un verre vide d'eau est un verre plein d'air. Autrement dit, là où il n'y a rien, il y a tout, mais pas sous la forme que l'on attend.

Je pose ici une Révélation : Nous sommes tous des « Natifs ». Nous sommes tous la résultante des Anciens, et ce n'est pas notre première et seule incarnation ici, sur Terre. Pour certains, devenir aussi con en une seule vie relève de l'impossible. Au final, La Mort n'est qu'un passage qui précède une renaissance…

La peur de La Mort est irrationnelle : personne n'y échappera, et elle fait partie de la Vie.

« *Comme le Jour et la Nuit, le Bien et le Mal, l'Eau et le Feu, l'Amour et la Haine, il y a aussi la Vie et la Mort. Et tout existe à sa juste place pour maintenir l'équilibre Universel parfait.* »

_ l'Auteur.

« Il faut bien travailler à l'école pour avoir un bon métier et bien gagner ta vie plus tard »

Qui n'a pas déjà entendu cette phrase immonde ?

Je vous la traduis : « Il faut bien te faire formater chez les propagandistes de fausses vérités, pour être un bon esclave rentable et bien remplir les poches de nos Maitres avant de tomber malade et de mourir dans d'atroces souffrances. »

Ok, c'est plus long à exprimer, mais la vérité est là.

Travailler : du latin tripalium, un instrument de torture.
Tout est dit, non ?

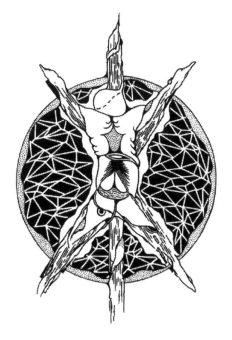

La programmation veut que de la torture naisse la richesse, pas la notre, mais uniquement celle des « Autres ». Encore faut-il définir de quelle type de richesse on parle...

Mais revenons à l'école.

L'école n'est qu'un instrument appartenant aux « Autres » servant d'usine à esclaves prêt à « bien gagner leurs vies » (qu'ils ont déjà pour rappel) dès la fin de leurs études, ou formations (Forme-à-Sion). Dans ces centres de formations du conditionnement national ou plutôt européen (pour ne pas dire luciferien), nos chères têtes blondes y apprennent les us et coutumes d'un monde (démon) qui ne les concerne pas. Elles y étudient les mensonges et les fraudes sous forme de croyances ou vérités que « Les Autres » veulent ancrer dans l'esprit des humains comme on grave une épitaphe sur une tombe.

*« Le système scolaire actuel est un système pervers, malsain et hautement discriminatoire. »* _ Katia M.

Il ne faut donc pas s'étonner qu'on soit en « Idiocratie » (voir le film du même nom), avec des générations de plus en plus bêtes, vicieuses et serviles. Peut-on les blâmer ? Non, ce sont les parents qui sont responsables. Ce sont ces mêmes parents qui acceptent que leurs rejetons soient (dé)formés par « Les Autres ». Et ce sont les mêmes qui infligent un masque étouffant et le cocktail des 11 (soi-disant) vaccins à leur propre descendance…

Chacun joue son rôle de victime/bourreau/sauveur dans ce système, jusqu'à l'éveil. Et bien souvent *« parce qu'on est obligé »* est leur seule réponse à toutes leurs soi-disant obligations.

*« Je préfèrerai un monde rempli de feignasses : les choses seraient faites par nécessité et par pour du profit. »*
_ l'Auteur

Si les croyances limitantes ont étés créées pour maintenir les esprits sous contrôle, ces chaînes ont forcément un ou des « créateurs » qui ont tout intérêt à nous garder végétatif et endormi pour d'obscures raisons qui dépassent probablement l'entendement humain. Mais vous l'aurez compris : ces croyances limitantes sont avant tout des programmes implantés dans votre esprit, et s'ils y ont été implantés, il nous est aussi possible de les enlever, de les remplacer par d'autres programmes, et ainsi potentiellement déjouer le plan « Des Autres », et de nous libérer de leur emprise.

La plupart des croyances sont relayées par les parents en premier. La mère attentionnée et forte mentalement transmettra automatiquement ses valeurs à ses enfants, mais si elle à des peurs, des vices ou d'autres programmes « néfastes », elle les transmettra aussi. C'est valable aussi pour le père, évidemment.

Viens ensuite l'école et son système de classement des « élèves », à base de notes, de jugements, jusqu'à la place assise que tiennent les mômes dans les classes...

(Vous aussi vous étiez au fond, coté fenêtre et à coté du radiateur ?)

Le fait est que chacun évolue à son rythme, et c'est le principe même de la vie. Il en va de même pour les enfants. Alors leur imposer d'apprendre quelque chose qui ne sont pas encore en capacité d'apprendre, revient à les mettre systématiquement en échec et à les humilier. Chose que l'éducation nationale fait à merveille ! Mais il est plus facile de rejeter la faute sur son gosse que de se poser les bonnes questions.

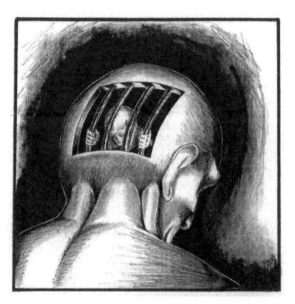

*« Les futurs analphabètes ne seront pas ceux qui n'auront pas appris à lire, écrire et compter ; Les futurs analphabètes seront ceux qui n'auront toujours pas réussi à désapprendre la programmation limitante dont ils ont étés victimes ».*
_ Auteur Inconnu.

« On a besoin d'argent pour vivre. »

Non ! Pour vivre, nous avons simplement besoin de jouir de nos Droits Naturels. L'argent n'est qu'un outil remplaçable mis en place par « Les Autres » pour asservir « Les Uns ».

Non-content d'être de la dette, les euros sont aussi et surtout une monnaie de singe n'ayant pour valeur que le poids du papier et la quantité d'encre qu'ils contiennent. Mais pas de problème de ce coté-là : « Les Autres » vous préparent la monnaie numérique à base de crédit social à la chinoise... Nul doute que lorsque ce sera fait, les portes des geôles seront définitivement closes pour ceux qui auront consenti...

Notre vraie richesse se trouve dans nos capacités innées mais aussi celles acquises tout au long de notre vie (ou nos vies) : les enseignements, compétences et différents savoirs que nous détenons tous sont notre richesse ! Imaginez un monde où tout le monde sait ce que chaque « Un » sait, il serait impossible de faire du profit ! Et c'est aussi pour cette raison qu'ils nous divisent, tentant de nous mettre dans des « cases » de plus en plus étroites, nous faisant accepter l'inacceptable jour après jour...

L'humain normalement constitué est en permanence à la recherche du bonheur, celui-ci se définit par « le bon, le vrai et le beau ». C'est lorsqu'on trouve ce bonheur qu'on devient dangereux, simplement parce que nous sommes près à le défendre. Ils ont trouvé une parade à ça aussi, en passant par la peur. Qu'y a-t-il de bon, de vrai et de beau dans l'école, le travail, les impôts, la consommation et tout ce qui attrait à cette matrice ?

Comment les enfants peuvent-ils être en bonne santé mentale dans un environnement hostile, avec un masque pour les étouffer ; du poison dans l'air, l'eau et leur alimentation et dans leur chair ; en permanence surveillés, jugés, notés et discriminés, le tout sous la coupe des égrégores étatiques ?

Gardons les yeux ouvert, recherchons le bon, le beau et le vrai, et voyons ce qui est : D'un coté notre planète et son écosystème comprenant tout ce qui y vit, y compris nous, et de l'autre le système légal qui n'est qu'une fiction à base de dogmes, d'obligations et de discrimination, bref : un mauvais film, ou plutôt une supercherie mise en place pour asservir les « Uns » et détruire la vie, et plus globalement détruire tout ce qui est « bon, beau et vrai ».

« Les Autres » ont bien fait leur sale besogne : ils ont presque réussi à nous faire croire qu'ils étaient légitimes au travers de leur système légal imposé sans consensus, au détriment des « Uns » et de la Vie… Vous saisissez la différence entre le légal et le légitime ? Nous y reviendrons, plus loin.

Tout ce que vous pensez savoir sur le monde, les religions, l'astronomie, la physique, l'histoire, la politique, l'alimentation, la mort, etc…, et la vie en général, tout est faux si vous suivez les enseignements qui vous ont étés imposés par « Les Autres » dès votre plus jeune âge.

Les règles du jeu sont pipées. Les religions ont été crées par « l'homme », ou plutôt par « Les Autres » : ils vous vendent une nourriture empoisonnées, ils polluent notre air et souillent notre eau, la médecine imposée est assassine, la politique n'est qu'un repaire de cocaïnomanes, d'assassins et de pédo-criminels satanistes, l'histoire est écrite par les vainqueurs au détriment des vaincus, l'astronomie n'est délivrée que par la NASA qui est en charge de l'entretien du mensonge sur notre monde, la physique se base sur des dogmes limitant et n'est pas exploitée à son juste potentiel, jusqu'à mentir sur la vie et la mort, les guerres et ce que nous sommes.

Ce n'est qu'au prix de votre « déprogrammation », de votre éveil, que vous comprendrez qui vous êtes et ce que vous êtes venu faire ici. Le prix est élevé, je vous l'accorde ; mais vous avez le choix : refuser de savoir et continuer à être un esclave, ou accepter d'avoir vécu une vie de mensonges et vous remettre dans le chemin de la Vérité et incarner ce que vous êtes.

Je n'ai pas dit que c'était facile, mais je vous assure que c'est possible : ce que vous lisez en ce moment-même en est la preuve.

*« Heureusement, certains sont nés avec un système immunitaire spirituel qui, tôt ou tard, rejette la vision illusoire de ce monde qui leur a été greffé depuis la naissance jusqu'au conditionnement social.*
*Ils commencent à sentir que quelque chose est mal ; apparait alors la recherche de réponses.*

*La connaissance intérieure et les expériences extérieures anormales leur montrent un côté de la réalité que les autres ignorent et ils font ainsi leur voyage vers l'éveil.*
*Chaque étape du voyage est faite en suivant leur cœur au lieu de suivre la foule et en choisissant la connaissance et non pas les voiles de l'ignorance. »* _ Henri Bergson

Plongez en vous, rencontrez vos peurs, trouvez vos chaines ! Et brisez-les ! Dépouillez-vous de vos croyances limitantes : c'est au prix de ce dépouillement qu'on obtient « la Vérité » et qu'on peut la transmettre.

Il y a une différence entre « Croire » et « Savoir » : On peut remettre en question nos croyances, mais quand on sait, on ne peut plus faire semblant.

## LES FRAUDES

**Fraude** : Tromperie ou falsification punie par la loi
(Encore faut-il savoir de quelle loi il s'agit).

Si les fraudes sont si nombreuses, c'est parce que le mensonge est total. Toutes les fraudes sont liées entre elles et servent le même but : maintenir les humains dans la bêtise et l'ignorance, tout en les asservissant et en les divisant ; au nom du profit, du pouvoir et de la destruction !

Mais pas que…

## La fraude du NOM légal

*« La « fraude du nom légal » est une croyance conspirationniste qui constitue le cœur de la doctrine du mouvement dit des « êtres souverains ».* (source Google)

*« Si la population comprenait le système bancaire, je crois qu'il y aurait une révolution avant demain matin. »*
_ Henry Ford

La fraude du nom légal dévoile « le complot » de manière factuelle qui se passe au niveau administratif et juridique. L'oligarchie mondialiste a mis en place un système d'asservissement par vice de consentement (dol) où tout être vivant sur la planète possédant un acte de naissance est concerné.

Nous sommes régis par les lois maritimes (Code Commercial Uniforme-UCC, voir :

https://www.uniformlaws.org/acts/ucc)

Et aussi surprenant que cela puisse paraître, d'après le concept UCC, nous sommes théoriquement tous considérés comme morts à l'âge de 7 ans. Age auquel la marchandise que nous représentons est considérée comme définitivement perdue en mer.

C'est alors que la personne juridique est censée remplacer notre véritable identité d'Être Vivant. Nous consentons représenter, par ignorance via le dol, cette « Personne juridique ».

Dans le domaine juridique le mot « personne » signifie « rien ». Ce qui à le mérite d'être clair. Le mot latin « persona » désignait le masque de l'acteur.
Puis il a signifié le personnage ou le rôle.

Aux yeux du système, nous interprétons/administrons un personnage fictif qu'est notre personne juridique.

**En droit Français, l'Être Vivant n'existe pas**. La personne juridique qui nous a été soumise est donc une entreprise soumise au code du commerce international UCC !

Cette modification de notre statut d'Être Vivant à celui d'un statut d'entreprise est rendue possible par l'utilisation de « notre NOM de famille » rédigé en Lettres Capitales (à ne pas confondre avec les majuscules). Un détail ? Pas vraiment…

« Nos NOMS » de famille sont utilisés par l'administration sous forme de LETTRES CAPITALES. Cette forme d'écriture correspond à la typologie des sociétés. Vérifiez par vous-même, toutes les sociétés (raisons sociales) sont écrites en capitale.

Vérifiez à présent vos documents d'identité, les courriers qui « vous » sont adressés, votre compte bancaire, titre de propriété, carte grise, impôts, amendes et factures… !

Pour avoir de l'autorité sur une personne juridique, il faut être une société. Pour agir avec une corporation il faut soi-même être une corporation.

La France et ses institutions diverses, de la police, les tribunaux et le moindre « bâtiment public », ont des numéros de SIREN/SIRET. Elles sont des entreprises enregistrées à l'étranger

(SIREN REPUBLIQUE FRANCAISE PRESIDENCE : 100 000 017 / Enregistrement Dun & Bradstreet (Source infogreffe et DUN).

Nous interagissons, entre Êtres Vivants et organismes, comme des sociétés. Nous possédons un numéro de sécurité sociale lié à un SIRET, des IBAN et, nous négocions tout sous forme de contrat, inconsciemment et machinalement. Le système agit donc sur nous via la loi des contrats et des sociétés.

La Sécurité Sociale a servi à nous relier à des coordonnées bancaires pour endetter notre personne juridique. Bien sûr, ces informations nous sont quasi inaccessibles, tout comme l'original de notre déclaration de naissance (tentez votre chance pour le récupérer !).

Tout ce que nous avons enregistré sous « notre NOM » appartient donc à ce système. Il en va de nos véhicules, nos maisons et même nos enfants…! Nous, êtres vivants, ne sommes que les titulaires de ces possessions.

**Titulaire** : Qui a le titre et le droit d'une dignité sans en avoir la possession, sans en remplir la fonction.

Suite à notre naissance juridique et, en tant que société fraîchement créée, le système a pu estimer notre valeur à l'aide de tables actuarielles (calcul de l'espérance de vie). En fonction de l'énergie que nous allons dépenser tout au long de notre vie par notre force de travail et de production.

Comprenons bien : nous venons au monde avec au moins un compte en banque déjà créditeur ! Ce fameux compte bancaire est créé dès votre naissance via votre numéro de sécurité sociale, ce dernier génère donc un IBAN. En récupérer l'accès est un réel périple, voir impossible.

L'argent n'étant indexé sur rien, la planche à billets fonctionnant à plein régime, nous n'y voyons pas là quelque chose de si étonnant. Ce compte représente une estimation de notre labeur via notre espérance de vie, permettant au système de se servir de nous comme des garants, pour s'autofinancer et par ce fait, créer et alimenter la « dette ».

Légalement, nous sommes tous complices de ce que notre pays affilié commet comme crime et délit.

Nous comprenons maintenant pourquoi le système nous implique, de facto, lorsqu'il s'agit de responsabilité, tant au niveau de leurs crimes que de la dette public. Pour rappel, nous venons tous au monde avec une dette de plus de 30.000€ ! Soit le montant de la dette public divisé par le nombre de personnes juridiques. Cette dette s'accentue au fil de nos vies.

Souvenez-vous des discours de politiciens qui nous impliquent sans cesse dans la responsabilité de cette dette public. C'est votre personne juridique qu'ils ont frauduleusement réussi à impliquer. Nous voilà responsables de cette dette pour avoir consenti à intégrer, sans notre consentement, un système illégitime, frauduleux et aussi génocidaire que corrompu.

Les Droits Naturels en tant qu'Être Vivant et disposant d'intelligence, d'un potentiel créatif et productif libre et autonome sont inexistants du paysage juridique français civil, administratif et constitutionnel. Il en est de même pour les autres pays.

Nous voilà donc embarqué dès notre naissance, à notre insu, dans un système qui nous place sous le statut d'esclave, complice, endetté et consentant DE FACTO. L'électrochoc passé, il est grand temps de nous désolidariser de ce système esclavagiste, nous devons changer notre condition !

Toutes les lois se basent sur les Déclarations des Droits de l'Homme de 1948 :

- nous ne sommes pas obligés de reconnaître notre personne juridique ! (Article 6) Excepté par l'entremise de la sûreté de la personne.

- ces Déclarations sont inaliénables. (article 30)

Retrouver sa Souveraineté individuelle commence par la nécessité de se reconnaître comme un être Souverain, seul responsable de lui-même.

Aucun Être ou organisme n'a le pouvoir de nous redonner cette Souveraineté, sauf nous-mêmes, car seul notre consentement nous relie à ce système.

Être Souverain, c'est d'abord un état d'esprit. Pour vous défendre en tant que tel, il est bien sûr nécessaire de bien connaître ses droits, car celui qui ne sait énoncer ses droits n'en a aucun.

## One People's Public Trust (OPPT)
(La Fiducie Publique du Peuple Unique)

Les documents de l'OPPT qui ont été rendus publics le 25 décembre 2012 se sont répandus dans le monde entier comme une traînée de poudre, constituant un mouvement populaire en croissance accélérée endossé par des centaines de milliers de personnes à travers le monde (bientôt des millions) qui visent tous le même but commun : se libérer de l'esclavage de l'ancien système et vivre leur vie dans le libre choix d'exercer leur propre libre arbitre.

Le système en place a échoué et il est actuellement maintenu en vie artificiellement uniquement grâce à l'énergie qui était déjà emmagasinée dans ses organes avant que les forclusions et les saisies se mettent en place. Les documents de l'OPPT ouvrent toutes grandes les portes sur la possibilité, pour chacun, de se libérer définitivement des chaînes de l'ancien système et sur l'opportunité de co-créer ensemble un nouveau système aligné sur nos désirs et nos libres choix dans lequel chaque être humain agit pour le plus grand bien de la collectivité et dans lequel chaque être humain peut prospérer.

**One People's Public Trust est constituée de chaque personne vivant sur la planète, de la planète elle-même, du Créateur et de la Création.**

Les fiduciaires de One People's Public Trust est un groupe de personnes très qualifiées, incluant des professionnels du droit qui, en conjonction avec un groupe d'experts agissant depuis l'intérieur du système financier, ont réalisé et mené à bien des enquêtes approfondies pour mettre à jour les fraudes massives à l'échelle planétaire qui se déroulent à notre époque.

Après avoir enquêté dans le secret et dans la plus grande prudence, l'OPPT en a conclu, de par les résultats de ces enquêtes, que des corporations agissant sous le déguisement de gouvernements élus par le peuple ou opérant par dictature, avec la complicité des systèmes financiers en place, se sont rendues coupables de haute trahison envers la population de cette planète, à l'insu et sans le consentement volontaire et intentionnel de cette même population.

Au moyen d'une série d'enregistrements officiels aux archives publiques effectuées au nom des Êtres qui constituent le peuple unique de cette planète, de ses terres, de ses airs et de ses mers ainsi que de toutes ses créations, toutes les possessions illégitimes et illégales et toutes les actions visant le contrôle planétaire de la part des responsables, leurs agents et bénéficiaires ont été légalement et légitimement saisis et forclos, suite à leur propre libre choix de ne pas remédier aux dommages qu'ils ont causés.

L'OPPT protège et préserve tous les Êtres et les valeurs, incluant tout l'or et l'argent qui a été détourné et exploité frauduleusement par le système bancaire. Le peuple unique de cette planète et tous ses Êtres, protégés et préservés par la Fiducie, individuellement et équitablement, sont désormais les seuls et uniques émetteurs légaux et légitimes de toute REPRÉSENTATION de valeurs, et en particulier, de devises. Le prétendu système bancaire central n'a plus aucun actif sur lequel appuyer ses échanges ou ses devises.

Les fiduciaires ont attribué un montant significatif de valeurs à chaque Être humain, pour une valeur équivalente à plusieurs fois l'endettement total d'une vie pour un individu moyen. Évidemment, il n'y a aucune dette à rembourser. Toutes les dettes ont été éliminées par le simple fait que les banques n'ont pas été en mesure de fournir la moindre preuve qu'un montant a été effectivement déboursé par elles pour les prêts qu'elles ont consentis, ce qui fait qu'aucun prêt n'a jamais été véritablement effectué par une banque et, par un effet de loi, en se basant sur les faits et en matière de politique publique, les banques ont ainsi consenti, de leur propre chef, à être forcloses et saisies de tous leurs avoirs.

De nombreux changements significatifs se sont opérés, notamment le fait que nous vivons désormais dans un monde impliquant la notion de responsabilité et d'imputabilité personnelle illimitée, ce qui pourrait peut-être en déranger quelques-uns, mais quand on peut compter, au besoin, sur un actif d'avoirs énorme, cet inconfort éventuel s'en trouve grandement atténué.

Pourquoi alors, dans la vie de tous les jours, semble-t-il que rien n'ait changé?

L'ancien système est actuellement dans le déni et, même si des négociations aux plus hauts niveaux sont toujours en cours, les nouvelles de l'existence de la Fiducie sont délibérément tenues à l'écart des grands médias de masse par le prétendu système corporatif pour continuer à tromper la population de cette planète comme il l'a toujours fait.

VOUS savez maintenant ce qu'il se passe réellement. Vous êtes maintenant un acteur impliqué dans ce changement de paradigme. Bienvenue !

Dès que nous seront assez nombreux, notre monde va changer du tout au tout. Notre véritable histoire nous sera révélée en même temps que toute la vérité sur le système sous le joug duquel nous avons survécu et peiné si longtemps. Plusieurs technologies qui nous ont été cachées par l'ancien système nous seront bientôt révélées dans plusieurs domaines incluant la production d'énergie, la santé et les transports. La guerre, la maladie et la pollution deviendront choses du passé.

Il appartient à chacun de nous de faire ses propres recherches.

La patience est de mise alors que chacun apprivoise sa propre compréhension sur ce qui est en train de se passer et que chacun soupèse les choix qu'il devra faire, en harmonie avec ce qui résonne à l'intérieur de lui. Il y a plusieurs groupes dans le monde qui se sont formés spontanément pour développer des stratégies sur les meilleures façons d'utiliser les documents de l'OPPT en vue d'aider les populations à se libérer…

## La fraude de l'histoire

*« L'histoire n'est pas le passé, elle est juste ce qui reste du passé. Le roman est l'histoire du présent, tandis que l'histoire est le roman du passé. Si Dieu ne peut pas modifier le passé, les historiens le peuvent. »* _ Google.

*« Le scepticisme est le commencement de la foi. »* _ Google.

*« L'histoire des peuples est l'histoire de la trahison de l'unité. »* _ Google.

Il semblerait que même Google remette en cause le narratif officiel et les allégories proférées par Fernand Nathan, l'écrivain des manuels scolaires d'histoire(s), nous proposant des « clefs » pour démarrer nos recherches...
Mais tenons-nous en aux faits, et uniquement les faits.

Nous savons qu'ils mentent sur tout. Alors soyons septiques et apprenons à voir par nous-mêmes, comme nous le suggère le 5ème Accord Toltèque.

Qu'y a-t-il de sûr dans « l'histoire officielle » ? A peu près rien. Si on s'en tient au « Darwinisme », nous sommes issus du singe qui, après des millions d'années d'évolution, a finalement pris l'apparence que nous connaissons tous : « l'homo sapiens-sapiens ». Puis s'en est suivi l'évolution et l'entrée dans l'histoire (officielle) avec les premiers écrits, les premiers peuples, l'antiquité, les gaulles, les romains, les rois, l'église, l'empire, la république... Et demain ?

Si nous sommes autant dans le flou artistique à propos de notre histoire sur cette Terre, c'est que quelque chose ne colle pas. Et il nous faut trouver quoi. La seule histoire dont on est absolument sure, c'est celle que nous vivons dans notre présent pour le peu qu'on ait suffisamment de recul et d'appréciation pour discerner le faux du vrai dans ce que le « narratif » a à nous proposer.

Mais qui était Charles Darwin, le « proposant » de la « théorie de l'évolution » ?

Franc-maçon jusqu'au bout des ongles, sa théorie sur l'évolution n'eut aucun mal à se faire accepter, reléguant la bible et « Dieu » au rang de croyances moyenâgeuses…
Et c'était bien le but : éloigner l'humain de sa source primordiale et de la spiritualité. Même si la Bible, (ou/et) les autres religions sont probablement des allégories créées de la main de l'homme pour ranger les autres hommes dans des cases et les contrôler, cette théorie de l'évolution agit comme un couperet dans l'esprit des gens : ce nouveau programme répond à la question « d'où venons-nous ? » avec une telle ferveur que l'humain l'accepta et se détacha de son divin pour finalement devenir une créature malléable soumise au système imposé par ces mêmes comploteurs et à ceux qui les manipulent dans l'invisible…

Si cette théorie avait un semblant de vérité, il n'y aurait plus de singes sur cette planète. Il n'y aurait plus d'animaux non plus, il n'y aurait que des « humains ».

Et dire qu'il y en a encore qui y croient… !

Les guerres sont toutes voulues et financées par les mêmes : « Les Autres ». Ils ont une fâcheuse tendance à parier sur toutes les équipes afin d'être sur de gagner au final, de pouvoir asservir les perdants, et ainsi manipuler l'histoire pour qu'elle soit digeste et facilement assimilable aux nouveaux arrivant sur Terre.

Les guerres, les famines, les maladies, les conquêtes et les mensonges, sont tous les fruits voulus du travail sale et laborieux des sociétés secrètes, toutes garnies de comploteurs non-humains, tous prêts au pire pour un peu de fric et de pouvoir…

Soyons clair : il n'y a pas de guerre pour « Les Autres », il n'y a que des bénéfices !

Remettez en doute chaque page des livres d'histoire et cherchez par vous-mêmes : le temps nous est compté et le sujet est aussi vaste que la vraie histoire de l'humanité.

« L'histoire est écrite par les vainqueurs », alors fouillez du coté des vaincus.

## La fraude du globe (ou théorie de la terre plate)

« PUT1 LA TERRE AIS RONDE CONAR !!! »
_ Portail Organique Lambda

*« A ce moment précis où l'humanité se trouve, au jour où j'écris ces lignes, on pourrait croire que chacun se considère ouvert d'esprit, capable d'entretenir une idée totalement étrangère à sa culture, de jouer dans sa tête avec des concepts aux antipodes de sa programmation mentale, et pourtant !*

*La programmation mentale ne l'autorise pas. Bien au contraire, et ce pour une raison évidente qui s'appelle les medias. Le Portail Organique se gave de medias, il ne jure que par eux, et si ça ne passe pas à la télé il ne faut pas y croire. On lui dit ce qu'il doit penser, ce qu'il doit manger, ce qu'il doit boire, comme s'habiller, qui il doit fréquenter et quel leader il doit suivre... Bref un concentré permanent de ce qu'on appelle la « programmation de maintenance », la maintenance de l'illusion, que sa vie a un sens (un sens matériel bien sur).*

*Il faut bien faire tourner la machine à produire les attributs du rêve de ce monde totalement faux, entièrement factice... Du certificat de naissance au certificat de décès, entre les deux, une vie asservie aux seuls services de ceux qui nous contrôlent, et que nous appelons « autorité », « élites » ou ici : « Les Autres ».*

*Ceux-là, quels qu'ils soient, ont tous vendu leurs âmes au diable, sans exception. Ils ne sont que les suppos d'un ordre métaphysique établi depuis des siècles, dont l'unique objectif est l'asservissement mental et physique des peuples de la Terre, par tous les moyens possibles. Ils sont très fort, n'en doutons pas ! D'ailleurs, ils ont fait appel à Stanley Kubrick pour filmer l'alunissage dans les studios de la NASA, il l'a avoué (film à l'appui) peu avant de mourir, encore un hasard...*

*Ce sont des magiciens, des illusionnistes, et la technologie est leur arme favorite. Lentement mais surement ils accentuent notre programmation mentale par la multiplication des écrans nous rendant encore plus dépendant de leur système « Orwellien ».*

*Les réseaux sociaux ne sont qu'un puits gigantesque de données personnelles triées et classées automatiquement aux moyens d'algorithmes sophistiqués et accessibles en permanence par les contrôleurs et autre censeurs de la pensée unique. Mais ce qui est le plus incroyable, c'est cette armée de défenseurs naturels de ce même système, cette « Garde Prétorienne » de la pensée unique à la spiritualité creuse et fausse, chez qui la dissonance cognitive est tellement puissante qu'elle les domine totalement. Ils sont la majorité malheureusement…*

*Ils sont notre entourage, notre famille, nos amis, nos relations… Et pour la plupart, ils sont tous convaincu d'être ouvert d'esprit et d'avoir de la critique quand c'est nécessaire ! Pourtant quand vous prononcer les mots « Terre Plate » dans votre entourage, le résultat est immédiat ! Et si la forme diffère en fonction des individus, le fond est identique à tous : la dissonance cognitive (le programme), le refus total, catégorique et sans appel de toute idée pouvant remettre en cause ses propres fondements… Pour les plus « violents » ce sera l'insulte, la diffamation et la haine, pour d'autres la moquerie sera la règle…*

*Ils ont des circonstances atténuantes : car prendre la véritable mesure du carnage intellectuel, spirituel, moral et physique réalisé par cet ordre métaphysique diabolique est très douloureux… Un véritable obstacle mental est à franchir pour découvrir quelque chose d'absolument extraordinaire, d'infiniment profond et de fabuleusement prometteur.*

*Quelque chose qui vous redonne espoir, qui vous redonne foi en l'homme. Cette chose c'est la conscience retrouvée : celle d'un Créateur, et par conséquent d'une Création.*

*C'est précisément cette réalité qu'ils ne veulent surtout pas que les masses découvrent. C'est pourquoi le nihiliste et l'athéisme sont systématiquement mis en avant. Les religions officielles étant là pour brouiller les pistes, pour diviser et pour nous faire oublier qu'il y a en chacun d'entre nous deux choses fondamentales : avoir un esprit sain(t) dans un corps sain(t). Mais c'est un véritable cheminement personnel et c'est pourquoi on ne peut l'imposer.*

*Le débat sur ce qu'est le mensonge primordial, cette nouvelle doctrine de l'esprit qui consiste en éradiquer la Création en passant part la théorie de l'héliocentrisme et la théorie de l'évolution, est donc parfaitement impossible. Voila finalement l'objectif de la dissonance cognitive : empêcher tout débat, et donc annihiler la possibilité d'un changement rapide, massif et soudain.*

*Il ne s'agit pourtant pas de savoir qui a raison ou tort : l'important est de comprendre le mensonge.*

*Faites vos recherches, soyez vigilants, utilisez votre logique et surtout remettez toujours tout en questions et n'acceptez aucune version officielle sans l'avoir auparavant décortiqué complètement. »*

_ John Doe, ITV.

### Les révélations de l'Amiral Byrd

Certains disent que le gouvernement américain a envoyé Byrd au pôle sud à la recherche de preuves de la rumeur d'une base allemande.

Les nazis étaient fascinés par tout ce qui concerne la race aryenne. Ils ont parcouru le monde entier, y compris l'Antarctique, pour en apprendre davantage sur les origines présumées. Les Allemands ont laissé leur marque au pôle Sud. Cependant, ce qu'ils ont découvert ne se compare pas à ce que Byrd a enregistré dans **son journal** retranscrit ici.

*« Je dois écrire ce carnet de bord secrètement et dans l'ombre. Il concerne mon vol arctique du 19 Février 1947. Il viendra le temps où la pensée rationnelle des hommes deviendra insignifiante et que l'on devra accepter l'inévitable Vérité »*

_ Amiral Byrd

**Carnet de Vol : Camp de Base Arctique, 19 Février 1947**

**[0600 heures** – Tous les préparatifs sont complètement faits pour un vol en direction du Nord et nous décollons avec le plein de carburant à **0610 heures.**

**0620 heures** – Le carburant du moteur de tribord semble trop riche, on fait l'ajustement et le « Pratt Whitneys » file doucement maintenant.

**0730 heures** – Le contact radio est vérifié avec le camp de base. Tout est bien et la réception est normale.

**0740 heures** – On note une légère fuite d'huile dans le moteur de tribord, l'indicateur de pression d'huile cependant semble normal.

**0800 heures** – Une turbulence légère est notée dans la direction de l'Est à une altitude de 2321 pieds, correction à 1700 pieds, aucune autre turbulence, mais le vent d'arrière s'accroît, légers réglages de contrôle, les performances de l'avion sont très bien maintenant.

**0815 heures** – Contact radio avec le camp de base, situation normale.

**0830 heures** – Nouvelle turbulence. Augmente l'altitude à 2900 pieds ; conditions de vol normales de nouveau.

**0910 heures** – Vaste étendue de glace et neige en dessous, notons la coloration de nature jaunâtre qui se disperse linéairement. Modifions l'itinéraire pour un meilleur examen de cette couleur en dessous, et notons une couleur rougeâtre ou violette aussi. Nous exécutons deux tours au-dessus de cette zone et nous reprenons l'itinéraire qu'indique la boussole. Nouveau contact avec le camp de base et transmission des informations relatives aux colorations de la glace et de la neige au sol.

**0913 heures** – La boussole magnétique et le gyrocompas commençant à tourner et bouger, nous sommes incapables de tenir notre route à l'aide des instruments. Faisons le point avec le compas Solaire et tout semble bien. Nous effectuons des contrôles particulièrement lents et paresseux, mais il n'y a aucune présence de glace.

**0915 heures** – Au loin apparaissent ce qui semble être des montagnes !

**0949 heures** – Après 29 minutes de vol notre première impression se confirme : ce sont bien des montagnes et pas une illusion. C'est une petite chaîne de montagnes, que je n'ai jamais vue auparavant!
**0955 heures** – l'Altitude change pour arriver à 2950 pieds, nous rencontrons de fortes turbulences à nouveau.

**1000 heures** – Nous passons au-dessus de la petite chaîne de montagnes et nous sommes toujours en direction du nord apparemment, au meilleur de notre connaissance. Au-delà la chaîne de montagnes apparaît une vallée avec un petit fleuve ou rivière se dirigeant vers le centre de la vallée. Il ne devrait pas y avoir de vallée verte en dessous ! Quelque chose est définitivement faux et anormal ici ! Nous ne devrions survoler que glace et neige ! A bâbord, on voit de grands massifs forestiers le long des pentes montagneuses. Nos instruments de navigation tournoient encore, le gyroscope oscille d'arrière en avant !

**1005 heures** – Je modifie l'altitude jusqu'à 1400 pieds et j'exécute une boucle serrée vers la gauche afin de mieux examiner la vallée en dessous. Elle est verte avec soit de la mousse, ou soit une sorte d'herbe très dense. La Lumière semble différente ici. Je ne peux plus voir le Soleil. Nous faisons une autre boucle à gauche et nous repérons ce qui semble être une sorte de grand animal en dessous de nous. On dirait un éléphant ! NON !!! Ça ressemble à un mammouth ! C'est incroyable !! Cependant c'en est bien un. Nous descendons jusqu'à 1000 pieds et prenons les jumelles pour mieux examiner l'animal.

Nous confirmons définitivement que l'animal est bien un mammouth. Nous communiquons cela au camp de base.

**1030 heures** – Nous rencontrons des collines mouvantes vertes maintenant. Le thermomètre extérieur donne 74 degrés F (23,3 °C). Nous poursuivons la route en avant. Les instruments de navigation semblent maintenant normaux. Leurs mouvements m'intriguent. On essaye de contacter le camp de base. La radio est muette.

**1130 heures** – La campagne en dessous est plus nivelée et normale (si je peux employer ce mot). En avant nous percevons ce qui semble être une ville !!! C'est impossible ! L'avion semble léger et bizarrement flottant. Les contrôles refusent de fonctionner !! Mon DIEU !!! Hors bâbord et à tribord apparaît un étrange type d'avion. Ils approchent rapidement le long de nos côtés. Ils sont en forme de disques et ils sont resplendissants. Ils sont assez proches maintenant pour que nous puissions voir leurs inscriptions. C'est une sorte de Svastika !!! C'est fantastique. Où sommes-nous ! Que nous arrive-t-il ? Je tire de nouveau fortement sur les contrôles. Ils ne répondent pas !!! Nous sommes pris dans un invisible étau d'un certain type !

**1135 heures** – Notre radio se met à crépiter et une voix anglaise en sort avec ce qui pourrait être peut-être un léger accent nordique ou germanique ! Le message est : « Bienvenu, Amiral, dans notre domaine. Nous vous ferons atterrir dans exactement sept minutes ! Détendez-vous, Amiral, vous êtes dans de bonnes mains ». Je note que les moteurs de notre avion ont stoppé ! L'avion est sous un étrange contrôle et vire maintenant tout seul. Les contrôles sont inopérants.

**1140 heures** – Nous recevons un autre message radio. Nous commençons le procédé d'atterrissage maintenant et presqu'aussitôt l'avion frémit légèrement et commence une descente comme attrapé par quelque grand ascenseur invisible ! Le mouvement en descente est imperceptible et nous touchons terre en éprouvant seulement une secousse légère !

**1145 heures** – J'enregistre rapidement une dernière note dans le carnet de bord. Plusieurs hommes approchent à pied de notre avion. Ils sont grands avec la chevelure blonde. A une certaine distance on aperçoit une grande cité scintillante en jets colorés d'arc-en-ciel. Je ne sais pas ce qui va arriver maintenant, mais je ne vois aucune arme sur ceux qui approchent. J'entends maintenant une voix me commandant personnellement d'ouvrir la porte de la cale de l'avion. J'obtempère. FIN DU JOURNAL DE BORD ]

« *A partir de maintenant, j'écris ici tous les événements qui suivent de mémoire. Cela défie l'imagination et passerait pour de la folie si n'était pas arrivé vraiment.* »

[ L'opérateur radio et moi sortons de notre appareil et sommes reçus de la plus cordiale manière. Nous montons alors sur une petite plate-forme mobile de transport sans roues ! Elle nous amène vers la ville scintillante avec une grande rapidité. Comme nous approchons, la ville semble être faite en matière cristalline. Bientôt nous arrivons à un grand bâtiment qui est d'un type que je n'ai jamais vu avant. Il paraît être tiré directement des croquis de Franc Lloyd Wright, ou peut-être mieux encore d'un film de Buck Rogers. On nous offre un certain type de breuvage chaud qui a un goût qui ne ressemble à rien de ce que j'ai connu auparavant.

C'est délicieux. Après environ dix minutes, deux de nos merveilleux hôtes viennent nous rejoindre et nous annoncent que je dois les accompagner. Je n'ai pas d'autres choix que de m'exécuter. Je quitte mon opérateur radio et nous marchons une courte distance puis pénétrons dans ce qui semble être un ascenseur.

Nous descendons pendant quelque temps, la machine s'arrête, et la porte de l'ascenseur glisse silencieusement vers le haut ! Puis nous suivons un long couloir éclairé par une lumière rose qui semble émaner des murs eux-mêmes !

Un des êtres nous fait signe de nous arrêter devant une grande porte. Au-dessus de la porte se trouve une inscription que je ne peux pas lire. La grande porte glisse en s'ouvrant sans bruit et on me fait signe d'entrer.

Un de mes hôtes parle. « *N'ayez aucune crainte, Amiral, vous allez avoir une audience avec le Maître…* » Je marche à l'intérieur et mes yeux s'ajustent à la belle coloration qui semble remplir la pièce complètement. Alors je commence à voir les alentours.

Ce qu'accueillent mes yeux est le plus beau spectacle de mon existence entière. C'est même, en fait, trop beau et merveilleux pour être décrit.

C'est exquis et délicat. Je ne pense pas qu'il existe un terme humain qui puisse le décrire en toute justice dans tous ses détails. Mes pensées sont interrompues d'une façon cordiale par une chaleureuse voix riche et mélodieuse.

« *Je vous souhaite la bienvenue dans notre domaine, Amiral* ». Je vois un homme avec des traits délicats et avec la marque des années sur son visage.

Il est assis à une table longue. Il m'invite à m'asseoir sur une des chaises. Dès que je me suis assis, il place le bout de ses doigts ensemble et il sourit. Il parle doucement de nouveau, et me transmet ce qui suit :

« *Nous vous avons permis d'entrer ici parce que vous êtes de caractère noble et connu du Monde de la Surface, Amiral* ».

Le Monde de la Surface, j'en eu à moitié le souffle coupé ! « *Oui* », fut la réponse du Maître en souriant, « *Vous êtes dans le domaine des Arianni, le Monde Intérieur de la Terre. Nous ne retarderons pas longtemps votre mission et vous serez escorté en sécurité à la surface et au-delà sur une certaine distance. Mais maintenant, Amiral, je vais vous dire pourquoi vous avez été convoqué ici. Notre intérêt commence avec raison immédiatement après que votre race ait fait exploser les premières bombes atomiques sur Hiroshima et Nagasaki au Japon. C'est à ce moment alarmant que nous avons envoyé nos machines volantes, les « Flugelrads, » sur votre monde de surface afin d'étudier ce que votre race avait fait. C'est, bien sûr, de l'histoire ancienne maintenant, mon cher Amiral, mais je dois poursuivre. Vous voyez, nous n'avons jamais interféré auparavant dans les guerres et barbaries de votre race, mais maintenant nous le devons car vous avez appris à falsifier un certain pouvoir qui n'est pas pour l'homme, à savoir l'énergie atomique. Nos émissaires ont déjà livré des messages aux puissances de votre monde, et cependant elles n'en tiennent pas compte. Maintenant vous avez été choisi pour attester que notre monde existe. Vous voyez Amiral, notre Culture et notre Science sont en avance de plusieurs milliers d'années sur celles de votre race* ».

Je l'interrompis, « *Mais qu'ai-je à voir avec tout cela, Monsieur ?* » Les yeux du Maître semblèrent pénétrer profondément mon esprit et après m'avoir analysé pendant un moment il répondit, « *Votre race a maintenant atteint le point de non retour, car il y a ceux parmi vous qui seraient prêts à détruire votre propre monde plutôt que d'abandonner leur prétendu pouvoir* ».

J'acquiesçai, et le Maître continua. « *En 1945 et par la suite, nous avons essayé de contacter votre race, mais nos efforts n'ont rencontré qu'hostilité et nos « Flugelrads » furent mitraillés. Oui, et même poursuivis avec malice et animosité par vos avions de combat.*

*Aussi, maintenant je vous le dis mon fils, il y a un grand orage se concentrant sur votre monde, une fureur noire qui ne s'épuisera pas pendant de nombreuses années. Il n'y aura aucune possibilité de réponse de la part de vos armées, il n'y aura aucune protection de la part de votre science.*
*Cette fureur fera possiblement rage jusqu'à ce que chaque fleur de votre culture soit piétinée, et que toutes choses humaines soient plongées dans un vaste chaos. Votre récente guerre n'était seulement qu'un prélude à ce qui doit encore advenir à votre race. Nous ici voyons cela plus clairement d'heure en heure... pensez-vous que je me trompe ?* »

« Non », répondis-je, « *c'est arrivé déjà autrefois que ces sombres périodes viennent et subsistent pendant plus de cinq cent années* ».

« *Oui, mon fils,* » répondit le Maître, « *les périodes sombres qui viendront maintenant pour votre race couvriront la Terre comme un drap mortuaire, mais je crois qu'une certaine partie de votre race traversera cet orage, après cela, je ne peux pas dire. Nous voyons, dans un avenir très loin, un nouveau monde renaissant des ruines de votre race, cherchant ses trésors perdus et légendaires et qui seront ici, mon fils, grâce à notre sauvegarde. Quand ce temps arrivera, nous viendrons à nouveau aider votre culture et votre race à revivre. Peut-être, d'ici là, aurez-vous appris la futilité de la guerre et de ses conflits… et après ce temps, une partie de votre culture et de votre science vous sera rendue afin que votre race recommence à nouveau. Vous, mon fils, devez retrouver le Monde de la Surface pour lui confier ce message…* »

Avec ces derniers mots, notre réunion sembla arriver à son terme. Je restai un moment comme dans un rêve… mais, pourtant, je savais que tout cela était la réalité et pour une raison étrange, je m'inclinai légèrement, soit par respect ou soit par humilité, je ne saurais le dire…
Soudainement, je pris conscience que les deux hôtes magnifiques qui m'avaient amené ici se tenaient de nouveau à mon côté. « *Par ici, Amiral,* » m'indiqua l'un d'eux. Je me retournai une fois de plus avant de partir et regardai en arrière vers le Maître.

Un sourire doux était gravé sur son visage ancien et délicat. « *Adieu, mon fils,* » dit-il, puis de sa très belle main fine, il fit un geste de paix et notre réunion fut véritablement terminée. Rapidement, on me raccompagna jusqu'à la grande porte d'entrée de l'appartement du Maître et une fois de plus nous pénétrâmes dans l'ascenseur.

La porte glissa silencieusement vers le bas et nous fûmes transportés immédiatement vers le haut. Un de mes hôtes parla de nouveau, « Nous devons maintenant faire vite, Amiral, car le Maître ne voudrait pas vous retarder plus longtemps dans votre emploi du temps et vous devez retourner porter son message à votre peuple ». Je ne dis rien. Tout cela était presque incroyable, et une fois de plus mes pensées furent interrompues quand nous nous arrêtâmes.

J'entrai dans la pièce et retrouvai mon opérateur-radio. Il avait une expression anxieuse sur son visage. Comme j'approchais je lui dis, « *Tout va bien, Howie, tout va bien* ». Les deux êtres nous dirigèrent vers le véhicule de transfert qui nous attendait ; nous y montâmes et arrivâmes rapidement à notre avion.

Les moteurs tournaient au ralenti et nous nous embarquâmes aussitôt. La situation semblait chargée d'un certain caractère d'urgence. Dès que la porte de la cale fut fermée l'avion fut immédiatement soulevé par cette force invisible jusqu'à ce que nous atteignîmes une altitude de 2700 pieds.

Deux appareils nous escortèrent sur une certaine distance, nous guidant sur notre chemin de retour. Je dois déclarer ici que notre indicateur de vitesse n'enregistra aucune information, bien que nous nous déplacions à une allure très rapide. ]

[ NOUVELLES ENTRÉES DANS LE JOURNAL DE BORD :

**215 heures** – Arrive alors un message radio. « Nous vous quittons maintenant Amiral, vos appareils de contrôles sont libérés. « *Auf Wiedersehen* » (au revoir en allemand) !!! » Nous restons un moment à regarder les flugelrads disparaître dans le ciel bleu pâle. L'avion soudainement plonge comme s'il était pris dans un étroit trou d'air pendant un moment. Nous réussissons rapidement à reprendre le contrôle. Nous ne parlons pas pendant un certain temps, chacun plongé dans ses pensées.

**220 heures** – Nous retrouvons à nouveau de vastes superficies de glace et neige, et sommes approximativement à 27 minutes du camp de base. Nous les appelons, ils répondent. Nous rapportons que toutes les conditions sont normales… normales. Le camp de base exprime son soulagement pour le rétablissement du contact.

300 heures – Nous atterrissons doucement au camp de base. J'ai une mission…

FIN DES ENTRÉES DU JOURNAL DE BORD ]

[ **Le 11 Mars 1947**. Je viens d'assister à une réunion du personnel au Pentagone. J'ai fait une déclaration complète de ma découverte et transmis le message du Maître.

Tout a été dûment enregistré. Le Président a été averti. Je suis maintenant retenu pour plusieurs heures (six heures trente-neuf minutes pour être exact).

Je suis interviewé spécifiquement par les Plus Hautes Autorités des Forces de Sécurité et une équipe médicale. Toute une épreuve !!! Je suis placé sous strict contrôle via les dispositions de Sécurité Nationale de ces Etats-Unis d'Amérique.

ON M'ORDONNE DE RESTER SILENCIEUX AU SUJET DE TOUT CE QUE J'AI APPRIS, « AU NOM DE l'HUMANITÉ ».

Incroyable ! On me rappelle que je suis un militaire et que je dois obéir aux ordres. ]


**[ Le 30/12/1956 : ENTRÉE FINALE :**
Ces quelques dernières années qui se sont écoulées depuis 1947 n'ont pas été faciles… J'inscris maintenant ma note finale dans cet étrange carnet de vol. En le fermant, je dois dire que j'ai fidèlement gardé toutes ces années cette affaire secrète, comme il m'a été ordonné.

Ce fut complètement à l'encontre de mes convictions de droit moral. Maintenant, je sens venir sur moi la longue nuit et ce secret ne mourra pas avec moi, mais tout comme la vérité, il triomphera et ainsi en sera-t-il.

Ceci peut être le seul espoir pour l'humanité. J'ai vu la vérité et cela a stimulé mon esprit et m'a libéré ! J'ai fait mon devoir envers le monstrueux complexe industriel militaire. Maintenant la longue nuit commence à approcher, mais il ne doit pas y avoir de fin. Tout comme la longue nuit de l'Arctique se termine, le brillant soleil de la Vérité viendra de nouveau… et les puissances des ténèbres tomberont sous sa Lumière…
CAR J'AI VU CETTE TERRE AU-DELÀ DU PÔLE, CE CENTRE DU GRAND INCONNU. ]

_ Admiral Richard E. Byrd
24 décembre 1956

**Pour cacher les découvertes de l'Amiral Byrd**

Le traité de l'Antarctique fut signé le 1er décembre 1959 à Washington D.C., aux États-Unis. Il est en vigueur depuis le 23 juin 1961, chargé de réglementer les relations entre les États signataires en ce qui a trait à l'Antarctique. Le traité s'applique aux territoires, incluant les plates-formes glaciaires, situés au sud du 60ème Parallèle.

[ *Les signataires initiaux (pays signataires) du traité furent l'Afrique du Sud, l'Argentine, l'Australie, la Belgique, le Chili, les États-Unis, la France, le Japon, la Norvège, la Nouvelle-Zélande, le Royaume-Uni et l'URSS (repris par la Russie).*

*Cependant, n'importe quel membre des Nations unies ou autre État invité par la totalité des signataires peut s'y joindre. Plusieurs États ont ainsi adhéré au traité depuis sa signature.*

*L'objectif principal du traité est de s'assurer dans l'intérêt de toute l'humanité que l'Antarctique continuera à être employé exclusivement à des fins pacifiques et ne deviendra ni le théâtre ni l'enjeu de différends internationaux.*

*Le traité fait provisoirement taire les revendications territoriales des signataires sur l'Antarctique. En aucun cas, le traité ne signifie la renonciation d'un État à ses droits ou revendications de souveraineté sur le continent.*

*Seules les activités pacifiques sont autorisées en Antarctique. Le traité établit un cadre d'échange d'information, de personnel scientifique, d'observations et de données concernant les activités réalisées par les signataires sur le continent.*

*Toute mesure de nature militaire et non pacifique y est interdite. Ainsi, l'usage des bases à des fins militaires est prohibé. La réalisation d'essais nucléaires est prohibée, tout comme « l'élimination » (dépôt) de déchets radioactifs.* ]

_ source Wikipédia

En réalité, il s'agit de garder ce secret caché aux yeux de l'humanité. Que se passerait-il si les gens savaient qu'il existe d'autres terres, en dehors de la matrice ? Tous les mensonges s'effondreraient, et le pouvoir des « Autres » avec.

Alors, boulette ou planète ?
Les deux ? Autre chose … ?

**Fraude des énergies fossiles**

A chaque fois que vous entendez le terme « énergie fossile » à la télévision, à la radio, que vous le lisez dans les journaux, sachez que vous êtes trompés. En 1892 à la Convention de Genève, l'homme le plus « intelligent » de l'industrie pétrolière, J.D. Rockefeller, a payé des scientifiques pour qu'ils qualifient le pétrole de « combustible fossile » afin d'induire l'idée de pénurie et de fixer un « prix mondial du pétrole ».

Le fait est que le pétrole est en fait le deuxième liquide le plus répandu sur terre après l'eau, et qu'il se régénère dans la terre plus vite qu'il ne peut être supprimé.

Le carburant était gratuit autrefois. Rotchild et Blackrock ont attribué la grève des mineurs à une pénurie de carburant pour obliger les gens à payer.

Une chaine de plus…

Je me suis souvent interrogé sur la provenance des dites « énergies fossiles », leurs pays de production et d'importation, les pays ayant des contrats commerciaux avec les manias du pétrole… Sans jamais pouvoir estimer le nombre incalculable de litres « d'or noir » consommé chaque jour. En sachant que le pétrole est utilisé pour à peu près tout : textiles, médicaments, production de plastique, et bien sur pour le carburant…

Mais c'est quoi le pétrole, réellement ?

Evidement il y a la théorie comme quoi c'est issu des « déchets » organique et donc épuisable aux vues des milliards de litres de pétrole consommés chaque jour sous toutes ses formes… Et ce n'est que la théorie des esclavagistes. Leur but ? Augmenter les prix afin de faire un maximum de profit sur notre liberté naturelle de nous déplacer… Et comme d'habitude, nourrir les égrégores de colère à mesure que les prix augmentent, jusqu'aux égrégores de peur pour ceux qui craignent de manquer. Ils font leur sale boulot, et on ne peut pas leur reprocher de le faire correctement quand on sait ce qu'ils sont.

La théorie « complotiste » c'est que l'or noir est issu du magma en fusion, sommes des réactions chimique sous haute pression et haute température : une étude Russo-Ukrainienne avait été faites dans les années 50, démontrant que le pétrole était une énergie pas si fossile que ça…et surtout parfaitement renouvelable et inépuisable !

Alors, maintenant imaginons que cette théorie du complot soit avérée : qu'elle serait la réaction des consommateurs de pétrole ? Tout le monde en fait... Ce serait probablement un sacré foutoir : les Uns réclameraient des comptes aux « Autres », pendant que ces derniers continueraient de festoyer au frais de la princesse ! En cette période de « tensions russo-ukrainiene », il est normal de se poser la question à savoir pourquoi la Russie n'augmente pas ses prix et ne manque aucunement de carburant... Auraient-ils gardé un secret afin de ne pas être pris dans le piège infernal du mondialisme ?

Mais laissons place au document et faites-vous votre conclusion, ce sera plus simple.

Source :
https://resistance71.wordpress.com/2011/06/12/tout-ce-que-vous-avez-toujours-voulu-savoir-sur-le-petrole-abiotique/

**Tout ce que vous avez toujours voulu savoir sur le pétrole (abiotique)...**
**Biotique ou abiotique: La vraie-fausse crise pétrolière ou la pseudoscience au service du contrôle énergétique par scarcité induite**

**Introduction par Résistance 71**

*"Dans un monde de mensonge universel, dire la vérité est un acte révolutionnaire."*

— *George Orwell* —

*"La suggestion que le pétrole puisse être dérivé d'une sorte de transformation de poisson compressé ou de détritus biologique est certainement la notion la plus idiote qui a été entretenue par un nombre substantiel de personnes pendant un laps de temps étendu."*
— *Fred Hoyle (1982)* —

*"Il n'y a jamais eu d'observations faites d'une génération spontanée de pétrole naturel (pétrole brut) à partir de matière biologique à basse pression dans quelque laboratoire que ce soit, où que ce soit, jamais."*
— *J.F. Kenney* —

Une fois de plus, le pétrole et ses aléas viennent troubler la vie quotidienne des citoyens de France et d'ailleurs. Le pétrole est de fait la véritable monnaie d'échange du monde, bien au-delà des valeurs aléatoires des monnaies de singe utilisées pour les transactions globales. Qu'est-ce donc que cet or noir ? D'où provient-il ? Quelles conséquences a t'il sur nos vies et le monde ? La science sur laquelle est basée notre concept économique et d'exploitation du produit est-elle correcte ?

Le but de cet article est de montrer qu'il y a plus à penser que ce qu'on nous demande de croire et que la thèse consensuelle de la science sur l'origine biologique du pétrole est scientifiquement invalidée, que cela n'est pas dû à une "erreur", mais bien volontaire et ce à des fins de contrôle des ressources énergétiques et de ses prix.

A quoi pense-t-on lorsque l'on prononce le mot "pétrole" ? Le plus souvent au prix qu'il nous coûte à la pompe ou en fuel domestique de chauffage. Nous avons un rapport personnel au produit car nous en sommes les esclaves pour nous déplacer et éventuellement nous chauffer l'hiver. Peut-on réduire le pétrole à sa seule valeur énergétique ?... C'est ce qu'on voudrait nous faire croire, mais il n'en est rien. En effet, il suffit de regarder autours de nous, dans nos vies quotidiennes, à quel point les produits dérivés du pétrole occupent une place prépondérante dans la société et son fonctionnement, pour comprendre que le pétrole et ses dérivés sont omniprésents.

Nous sommes également devenus complètement dépendants de la pétrochimie. Sans elle, un nombre incalculable d'objets qui ont envahis nos vies ne pourraient plus être produits en l'état actuel des choses: plastiques de toute sorte, matières synthétiques, PVC, engrais industriels, caoutchouc synthétique (croyez-vous que les pneus de vos voitures proviennent toujours des hévéas?..) etc, etc.

Nous ne disons pas que ceci est une bonne chose, bien au contraire, nous disons simplement que supposer que le pétrole ne soit qu'une source d'énergie que l'on peut remplacer est un peu trop simpliste et réducteur. Doit-on remplacer le pétrole comme source d'énergie ?

Oui indéniablement, nous nous éviterions bien des conflits, guerres, et sources de pollution (attention pas le $CO_2$ et autres fadaises liée au "réchauffement climatique anthropique" qui ne sont là encore que des dogmes issus de la science détournée se conformant à un agenda de contrôle bien spécifique, ici n'est pas le sujet, mais nous nous devions de le dire) qui minent à des fins oligarchiques le développement de l'humanité.

Sortir complètement du pétrole n'est pas possible même si l'on trouvait une source d'énergie alternative fiable et durable, car nous en dépendons trop par ses produits de synthèse.

S'il faut trouver une énergie de remplacement, il faut également trouver une technologie de remplacement concernant la pétrochimie envahissante, ou jamais nous ne verrons les produits pétroliers disparaître de notre vie et de celles des générations futures.

Qu'est-ce que le pétrole ? C'est un hydrocarbone lourd, source à la fois d'énergie et de produits de synthèse une fois chimiquement manipulé. Le "consensus" scientifique (toujours se méfier de ce mot) dit que *le pétrole est une source "d'énergie fossile"*. C'est à dire que son origine provient de la décomposition d'éléments organiques comme des plantes et animaux morts, dans des conditions de temps, de chaleur et de pression propices à la croûte terrestre (c'est à dire peu profond et à des pressions peu importantes, ceci a une importance capitale comme vous le constaterez par la suite…).

Ceci a pris des millions d'années à se transformer et que donc en conséquence, le pétrole et les hydrocarbures sont des produits géographiquement localisés et finis dans le temps puisque émanant de la décomposition d'un volume de détritus organiques finis et donc épuisable.

Cette hypothèse a été émise en 1757 par le savant russe Mikhailo Lomonosov.

Nous avons donc cherché une littérature scientifique concernant cette hypothèse, ainsi qu'une littérature scientifique prouvant l'origine biologique (ou biotique) du pétrole. Nous pourrions penser que comme cette théorie est la théorie avancée de nos jours par l'ensemble de la science spécialisée dans le sujet de la recherche et de la production pétrolière, nous ne devrions pas éprouver en conséquence une quelconque difficulté à trouver une littérature scientifique riche et abondante corroborant ce fait…

Quelle ne fut pas notre surprise de constater que non seulement il était difficile de trouver des articles scientifiques prouvant l'origine biotique du pétrole, mais encore que ceux-ci n'existaient pas !

Nous avons cherché sur un nombre important de moteurs de recherche en anglais et en français, nous avons épluché "google scholar", en vain. Chose même anecdotiquement extraordinaire, mais qui mérite néanmoins d'être mentionné, lorsque nous avons tapé à plusieurs reprises les mots de recherche suivants sur Google: "scientific articles biotic origin oil", Google lista à plusieurs reprises une liste d'articles n'ayant rien à voir avec le sujet demandé ou des articles connectant l'origine "biotique" à des domaines économiques et en haut de page figurait la question suivante: "did you mean scientific articles abiotic origin oil" à savoir: "vouliez-vous dire articles scientifiques sur l'origine abiotique (donc non organique) du pétrole" ?

Ce qui peut-être interprété de deux façons à notre sens: soit "nous n'avons rien sur l'origine biologique du pétrole mais nous avons sur son origine abiologique / abiotique" ou encore "de quoi voulez-vous parler?.. il est évident que le pétrole est biotique, vouliez-vous des preuves concernant l'origine abiotique ?"

Donnons à Google le bénéfice du doute...

En revanche, la littérature scientifique concernant une origine abiotique, non biologique donc, du pétrole était abondante et cela nous a intrigué. En tapant les termes suivants sur Google: "biotic origin oil" simple recherche sur une "origine biotique (ou biologique) du pétrole", six sur les 10 premiers articles sortant sont à propos de l'origine abiotique du pétrole (non-biologique), les quatre restant étant à propos de la "controverse sur l'origine biotique ou abiotique du pétrole". Rien sur ce que nous demandions: des articles sur l'origine biotique du pétrole... De plus en plus troublant.

Wikipedia est de plus assez prolixe sur le sujet de l'origine abiotique du pétrole en déclarant d'entrée de jeu que "la théorie abiotique de l'origine du pétrole a été discréditée", tiens donc... Donc, nous tapons dans la fenêtre de recherche interne de Wikipedia les termes "biotic origin petroleum" (puisque la terminologie de Wikipedia concernant le pétrole en anglais est "petroleum" et non pas "oil" ce qui est plus spécifique convenons-en), or que découvrons-nous avec stupeur?

Qu'il n'y a pas de page sur Wikipedia concernant une origine biologique / biotique du pétrole. Intrigant non lorsqu'il s'agit de fait de la théorie du "consensus scientifique" à cet égard ?

La théorie officielle prévalent sur l'origine du pétrole n'ayant apparemment aucun soutien de la science, nous nous sommes donc penchés sur l'autre théorie de l'origine du pétrole, celle de l'origine abiotique, non biologique donc, qui elle semble avoir un soutien scientifique tout autre, loin d'une hypothèse érigée en dogme, comme cela semble être de plus en plus le cas lorsqu'on prend la peine de rechercher et de creuser le contenu de certaines "théories scientifiques".

Récapitulons donc ce que nous savons jusqu'ici: le pétrole n'est pas une découverte récente, "l'huile de roches" était déjà utilisée dans l'antiquité et était connue déjà au XVIIIème Siècle lorsque Lomonosov énonça son hypothèse biotique. Celle-ci fut réfutée rapidement par le scientifique allemand Alexander Von Humbolt et le Français Gay-Lussac, puis au XIXème siècle les chimistes français et russe Marcelin Berthelot et Dimitri Mendeleev (le même Mendeleev qui laissa son nom à la table périodique des éléments chimiques) démentirent également l'hypothèse de Lomonosov.

Comme vous le verrez dans les articles subséquemment présentés, Berthelot constata et prouva que l'on pouvait obtenir du pétrole à partir d'éléments non organiques, mais ne prît pas position quant à l'origine du pétrole.

Mendeleev quant à lui, fît clairement état que le pétrole était d'origine abiotique (non-organique) et profonde, qu'il était généré dans le manteau terrestre comme élément primordial et émît l'hypothèse que sa remontée vers des profondeurs moins importantes était dûe à un "système de failles" sous-terrain.

Les choses en restèrent plus ou moins là jusqu'à l'après seconde guerre mondiale. Celle-ci laissa l'URSS sans ressources et comme un pays ne produisant qu'une infime portion du pétrole nécessaire à son développement énergétique, industriel et commercial. Dès 1946, l'URSS lança un projet pour le pétrole comparable à ce que fut le "Manhattan Project" pour le développement nucléaire aux Etats-Unis.

Le pays lança ses forces vives scientifiques spécialisées et survivantes à la guerre et aux purges staliniennes dans l'étude, la compréhension géologique et chimique du pétrole et de ses origines afin de mieux en maitriser la recherche et la production.

En 1951, le Professeur Nikolaï Kudryavtsev annonça les résultats des recherches soviétiques par son académie des sciences en énonçant la *"théorie russo-ukrainienne de l'origine profonde et abiotique du pétrole"*. Très vite, d'autres professeurs à la pointe des sciences concernées tels les professeurs Kropotkin, Dolenko, Shakhvarstova, Linetskii, Porfir'yev et Anikiev rejoignirent les conclusions du professeur Kudryavtsev. Depuis cette période, l'URSS et maintenant la Russie, est devenue progressivement le plus gros producteur et exportateur de pétrole au monde.

La théorie russo-ukrainienne de l'origine abiotique profonde du pétrole a fait l'objet de plus de 4 000 articles scientifiques publiés en Russie et en Ukraine par leurs académies scientifiques respectives et instituts de recherches géologiques et pétroliers. De vastes champs d'exploitation pétrolière ont été découverts et exploités utilisant la théorie abiotique et a permis aux Russes de développer et d'affiner leur technique de forage profond, dont ils sont les maîtres absolus aujourd'hui et de faire moins d'erreur de localisation des gisements qu'avec l'application de la théorie biotique qui elle donne statistiquement un puit commercialement exploitable tous les 28 forages en moyenne ce qui revient à laisser une très grande part de l'exploitation à la chance.

Plus proche de nous, deux professeurs américains ont expliqués la théorie russo-ukrainienne de l'origine abiotique du pétrole en occident, les professeurs *J.F. Kenney* (M.I.T alumni) et membre de l'académie des sciences de Russie, qui travailla avec les Russes dès 1975 et dont certains des articles scientifiques écrits avec d'éminents chercheurs russes et ukraniens, ont été traduits de l'anglais par nos soins et seront publiés ici-même pour que le lectorat puisse se faire une idée informée et non déformée de la question. En effet, ces articles souvent cités, parfois hors contexte, n'ont jamais été traduits en français à notre connaissance. Nous les référençons également ci-après en anglais ainsi que le site internet du Professeur Kenney.

Egalement *le professeur Thomas Gold*, astrophysicien, professeur à l'université de Cornell et membre de l'Académie Nationale des Sciences des Etats-Unis, fut un adepte de la théorie abiotique du pétrole. Le professeur Gold écrivit un livre en 1999 intitulé: "The Deep Hot Biosphere, the myth of fossil fuel" (*La biosphère chaude profonde, le mythe du carburant fossile*). Ce livre n'a pas été traduit en français à notre connaissance.

Nous n'allons pas entrer ici dans les détails de la théorie, car nous avons traduit de l'anglais des articles clefs afin que tout à chacun puisse lire et comprendre de quoi il retourne par ceux-là même qui l'on étudié de très près. Dû au volume d'information, ces articles seront publiés ici-même dans les semaines à venir en plusieurs parties. Nous vous laisserons seuls juges du bienfondé de la chose.

Si la théorie russo-ukrainienne abiotique profonde du pétrole est juste (comme la solide science qui l'étaye semble le confirmer), quelles sont donc les implications directes et indirectes de la chose ?

- Si la théorie est juste, le pétrole n'a donc aucune origine biotique. Il est un produit primordial dont la génèse a lieu dans le manteau terrestre à de grandes profondeurs et dans des conditions de chaleur et de pression très élevées (minimum 25Kbar). Ce qui veut dire que la quantité de pétrole générée par la Terre n'est fonction que de la quantité de matériaux primordiaux impliqués à la formation originelle de la planète.

- Cette source n'est pas "épuisable" à l'échelle humaine et la génèse en est constante.

- La théorie de l'ingénieur Hubbert sur le "pic de production pétrolier" (ingénieur de la Shell qui émit sa théorie en 1956) est fausse, ce qui a été coroborré à maintes reprises dans la mesure où des gisements pétroliers sont constamment découverts en Russie et ailleurs dans le monde et ce dans des endroits qui seraient improbables à la découverte et l'exploitation pétrolières en suivant les canons de la théorie biotique de l'origine du pétrole.

- Ceci a donc des répercussions économiques et géopolitiques: les prix du pétrole sont essentiellement spéculatifs en induisant un facteur de scarcité qui a été créé de toute pièce à des fins commerciales (profit) et de contrôle géopolitiques (des prix et de la recherche/exploitation ainsi que des zones géographiques par ingérence, guerres ouvertes directes ou guerres par proxy).

Michael Lynch, un chercheur au *Centre des Etudes Internationales au MIT*, écrit en conclusion de son article "The New Pessimism about Oil Resources: Debunking the Hubbert Model (and Hubbert Modelers)"

*— "Le nombre d'inconsistances et d'erreurs couplé avec l'ignorance de la plupart des recherches antérieures, indiquent que l'école du modèle de Hubbert n'a pas découvert de nouveaux résultats dévastateurs, mais a plutôt rejoint un groupe qui a trouvé qu'un grand corps de données mène souvent à une forme particulière de laquelle ils essaient de deviner des lois physiques. Le travail des adeptes de la théorie de Hubbert a été prouvé incorrect en théorie et basé lourdement sur des hypothèses que les preuves factuelles démontrent comme étant fausses. Ils ont de manière répétée mal interprété les effets politiques et économiques comme étant le reflet des contraintes géologiques et mal compris la causalité de l'exploration inhérente, de la découverte et de la production.*

*Le problème majeur des modèles de type Hubbert est une dépendance à une variable URR (Ultimate Revoverable Resources) comme un chiffre statistique plutôt qu'à une variable dynamique, qui change avec la technologie, la connaissance, l'infrastructure et d'autres facteurs, mais qui croît en premier chef. Campbell et Laherrere ont clâmé avoir développé de meilleures méthodes analytiques pour résoudre ce problème, mais leurs propres estimations ont augmenté et vraiment rapidement*
.
*Le résultat a été exactement comme prédit par Lynch (1996) pour cette méthode: une série de prédictions de pic de production pétrolière à terme et un déclin, qui doit être révisée à la hausse répétitivement dans le futur. Ceci de manière suffisamment conséquente de façon à suggérer que les auteurs eux-mêmes fournissent les preuves que les ressources pétrolières ne sont pas sous stress, mais augmentent de fait plus vite que la consommation ! " –*

Le modèle de pic pétrolier d'Hubbert est donc déjà mis en question sans même aborder la question de l'origine du pétrole.

Qu'en dire donc à la lumière de la théorie russo-ukrainienne de l'origine abiotique profonde du pétrole ?

Est-ce déjà une coïncidence que la théorie d'Hubbert fut énoncée en 1956, soit environ 5 ans après que la théorie abiotique fut énoncée par le professeur Kudryavtsev ?

Un évènement isolé peut paraître souvent anodin, mais replacé dans son contexte, cela peut prêter parfois à d'autres interprétations. La théorie du "pic de production pétrolier" et les modèles qui s'en suivirent ne furent-ils pas produits pour surenchérir la thèse biotique et donc ainsi garantir aux compagnies pétrolières une nouvelle base de régulation des prix du pétrole à long terme en jouant en permanence sur la rareté induite et non réelle du produit? Possible, probable… En tous les cas la question se doit d'être posée.

Ainsi donc, à la lumière de la théorie abiotique du pétrole, celui-ci ne serait pas un produit fini dans le sens où la théorie biotique l'entend. Il ne serait sujet dans sa formation profonde qu'à la quantité de matières carbonée et minérale inclues dans le manteau terrestre à la formation de la terre il y a plus de 4 milliards d'années.

Si le pétrole n'est pas rare et des gisements sont régulièrement découverts, il n'y a donc aucune raison que les prix augmentent si ce n'est de manière spéculative et artificielle. D'aucuns diront que le pétrole profond coûte plus cher à l'exploitation. Certes, mais que dire du coût d'une production "hasardeuse" basée sur une théorie biotique du pétrole qui laisse 27 forages sur 28 secs ou non commercialement exploitable? Tandis que les forages profonds abiotiques russes et ukrainiens (comme les champs pétroliers de la région du Dniepr-Donetsk et certaines exploitations vietnamiennes entre autres) produisent commercialement à un bien meilleur ratio et donc réduisent les coûts par une augmentation de la fiabilité des découvertes.

Alors le pétrole doit-il être remplacé comme source d'énergie?

La réponse à notre sens est oui car son obsolescence est évidente. Il y a certainement des sources énergétiques plus efficaces, moins polluantes et plus économiques que la source énergétique pétrolière. L'énergie à base de pétrole continue parce que le prix et les profits réalisés par un cartel de compagnies pétrolières transnational (lié aux banques ne l'oublions pas) sont énormes et que profit et la puissance économico-politique entretenue sont les deux motivateurs essentiels.

Si le pétrole du jour au lendemain était accepté de manière "consensuelle" comme étant abiotique et donc abondant, non tarissable à l'échelle humaine, les prix chuteraient immanquablement car la thèse de la scarcité (mensongère) du produit s'effondrerait comme un château de cartes.

L'exploitation deviendrait moins rentable, les profits s'amoindriraient pour devenir plus anodins et ceci ouvrirait immanquablement les portes à des recherches pour des sources d'énergies nouvelles fiables, comme la géothermie par exemple voire la reprise de travaux sur la fusion froide, bloquées depuis des décennies par le cartel pétrolier aux abois, qui n'a aucun intérêt à laisser la théorie scientifique du pétrole abiotique prendre le dessus sur son hypothétique rivale qui rapporte tant en escroquant le monde.

Le pétrole cher est une garantie de sécurité et de puissance pour le cartel et les politiques. L'utilisation du pétrole deviendra t'elle inutile ? Non, tant que nous n'aurons pas trouvé de substitution à la gigantesque industrie pétrochimique de transformation, qui elle génère la véritable pollution planétaire ainsi que de substantiels profits bien évidemment.

Le dogme pseudo-scientifique du réchauffement climatique anthropique et du "CO2 polluant" est une autre diversion sur les véritables problèmes de pollution.

Le CO2 n'est pas un facteur majeur de réchauffement, en fait son augmentation dans l'atmosphère suit naturellement un réchauffement de la planète et non pas l'inverse.

C'est parce qu'il fait plus chaud (pour un tas de raisons bien plus naturelles qu'anthropiques) qu'il y a plus de CO2 atmosphérique (relâché hors de solution par les océans notamment) et non pas plus chaud parce qu'il y a plus de CO2… Encore une fois, la pseudoscience a trompé et trompe encore le public.

Une fois de plus, les politiques ont récupérés une hypothèse et l'ont fait ériger en dogme par des scientifiques complaisant et essentiellement financés pour ce faire.

Les promoteurs de la théorie de l'origine biotique du pétrole en occident affirme que la théorie abiotique russo-ukrainienne est "marginale" et peu suivie, mais reconnaissent néanmoins l'existence de pétrole abiotique, mais pas en "quantité suffisante pour être commercialement exploitable". Plus de 4 000 articles scientifiques publiés en langue russe en 60 ans, n'est pas exactement ce que l'on pourrait appeler "marginal".

D'aucuns disent alors: "pourquoi les Russes ne promeuvent ils pas plus leur théorie si elle est vraie ?" Le problème est qu'ils le font. Ils l'ont fait dans bien des conférences internationales sur le sujet, dans l'indifférence générale. Quelques articles ont été publiés après traduction en anglais. Un article de Kenney et al. fut publié en 2002 dans la revue *"Proceedings of the National Academy of Science"* aux Etats-Unis. Nous l'avons traduit en français et nous le publierons ici avec d'autres.
Cet article fut l'objet d'un compte-rendu éhonté et tronqué dans la revue *"Nature"*, réputée être la "bible de la publication scientifique" de langue anglaise et basée à Londres.

Cet article déclencha la colère des auteurs, tous professeurs de haut niveau théorique et expérimental de l'académie des sciences de Russie et institutions affiliées. Une lettre de blâme et de demande de rectification fut envoyée à la direction de la revue *"Nature"*.

Nous publierons également cette lettre, que nous avons traduite en français.

Dans toute cette affaire d'origine du pétrole, ce qui nous choque le plus est de constater qu'une fois de plus, la science semble avoir été détournée à des fins politico-économiques pour toujours servir les intérêts du petit nombre et jamais l'intérêt des peuples.
Notre désir ici n'est que d'essayer apporter un autre angle sur un débat qui ne cesse de pourrir la vie de la Terre entière.

Des guerres, des massacres, des mensonges, des trahisons sont perpétrés au nom du sacro-saint pétrole, de son contrôle, de la spéculation sur les prix et la production et des profits gargantuesques qu'ils génèrent.

Tout cela semble t'il par le truchement d'une science bidouillée, comme l'est celle du soi-disant "réchauffement climatique anthropique" et son hypothèse non vérifiée érigée en dogme, comme l'est celle de la sociologie et les thèses malthusiennes et social-darwinistes érigées en dogme, comme le sont les hypothèses des économistes encore érigées en dogme pour justifier du pillage du monde , de la concentration des richesses en le moins de mains possibles et l'hégémonie perpétuelle d'une caste de parasites qui exploitent l'humanité entière pour leur profit et le contrôle toujours plus avant des personnes et des biens…

Le « modus operandi » semble être établi: prendre une hypothèse qui correspond aux intérêts du petit nombre, l'ériger en dogme en inondant la recherche de fonds afin de faire ressortir la "science" derrière le dogme et en même temps torpiller et annihiler toute velléité de dire le contraire aussi scientifiquement valide soit la thèse opposée, tenir la ligne du dogme selon le principe fondamental et vital propagandiste qui dit que plus un mensonge est gros, plus il a de chances de passer et plus il est répété, plus il a de chances de devenir "vérité" axiomatique non discutable.

L'hégémonie culturelle de la classe dominante et sa propension à manipuler la science pour son profit oligarchique est aujourd'hui le véritable danger planétaire. Il faut en sortir au plus tôt. Il en va de notre survie, purement et simplement. Nous vivons de facto dans une ère de dictature scientifique dont l'efficacité oppressive est dévastatrice.

Il nous faut douter de tout et rechercher la vérité souvent présente dans le fatras ambiant à porté de main et d'esprit, mais enfouie à dessein afin que les dogmes pseudo-scientifiques prévalent.

En complément de cet article de présentation, nous publierons quatre articles que le professeur Kenney a écrit avec ses collègues russes et ukrainiens, que nous avons traduits en français ce qui n'a jamais été fait auparavant aussi loin que nous le sachions. Ces articles seront publiés un par un dans les semaines à venir et constitueront autant de parties à cet article initial de *Résistance 71*. Nous publions ci-dessous l'adresse du site internet du professeur Kenney où les articles (en anglais) concernés et d'autres sont répertoriés.

*Cet article que nous avons traduit de l'anglais, est la page d'introduction du site internet du Professeur Kenney; en plus d'expliquer l'origine de la théorie russo-ukrainienne de l'origine abiotique profonde du pétrole, explique le fonctionnement et les différentes parties du site du Professeur Kenney et la classification des articles sur le sujet au sein de son site.*
— Résistance 71 —


### -Partie 1-
**Une introduction à la science pétrolière moderne et à la théorie russo-ukrainienne de l'origine profonde et abiotique du pétrole.**
*Par Dr. J.F. Kenney*
*De l'académie des sciences de Russie, Institut de physique planétaire, Moscou et de Gas Resources Corporation, Houston, Texas, USA*

Url de l'article original :
http://www.gasresources.net/introduction.htm

(Les articles présentés ici introduisent sous des perspectives différentes la théorie russo-ukrainienne moderne de l'origine profonde abiotique du pétrole. Parce que ce sujet n'est pas usuel pour ceux vivant en dehors de l'ex- Union Soviétique, il convient ici d'en faire un bref résumé concernant sa genèse et son histoire.)

## 1. L'essence de la théorie russo-ukrainienne moderne de l'origine profonde et abiotique du pétrole.

Elle constitue un corps de connaissances très étendu qui couvre les sujets de la genèse chimique des molécules d'hydrocarbones qui comprennent le pétrole naturel, les processus physiques qui déterminent leur concentration terrestre, les processus dynamiques des mouvements de ce matériau dans les réservoirs géologiques pétroliers, l'endroit et la production économique des produits pétrolifères.

La théorie moderne russo-ukrainienne de l'origine profonde et abiotique du pétrole reconnait que le pétrole est un matériau primordial d'origine profonde qui a subi des éruptions dans la croûte terrestre.

Brièvement et sans ambages, le pétrole n'est pas un "produit fossile" et n'a aucune relation intrinsèque avec les dinosaures morts (ou autres détritus biologiques) "dans les sédiments" (ou nulle part ailleurs).

Cette théorie russo-ukrainienne moderne est fondée sur un raisonnement scientifique rigoureux, en accord avec les lois de la physique et de la chimie, ainsi qu'avec des observations géologiques extensives; elle demeure strictement dans le giron de la physique et de la chimie dite classique, desquelles elle tire sa provenance.

La vaste majorité de la théorie de l'origine profonde et abiotique du pétrole provient des sciences de la chimie et de la thermodynamique, ainsi que tout autre chose se doit de le faire. En ce sens, la science pétrolière moderne russo-ukrainienne est en fort contraste avec ce que le domaine de la géologie fait souvent passer pour des "théories" en Grande-Bretagne ou aux Etats-Unis.

Il sera expliqué dans les articles contenus ici, que le pétrole n'a aucune association intrinsèque avec un matériau biologique. Les seules molécules d'hydrocarbones qui font exception à cette règle sont les molécules de méthane, l'espèce d'alcane d'hydrocarbone au moindre potentiel chimique de tous les hydrocarbones et de manière moindre, l'éthène, l'alcane à moindre potentiel chimique des séries moléculaires homologues.

Seul le méthane possède une stabilité thermodynamique au régime de pression et de température régnant près de la surface de la croûte terrestre et ainsi peut parfaitement être créé spontanément dans ces conditions, comme cela est du reste souvent observé avec les phénomènes des gaz de marécages ou d'égoûts.

Quoi qu'il en soit, le méthane est pratiquement la seule molécule d'hydrocarbone qui possède cette caractéristique dans un tel environnement thermodynamique, presque toutes les autres molécules d'hydrocarbones réduites, à l'exception seulement des plus légères, sont des polymorphes à haute pression du système hydrogène-carbone.

La genèse spontanée des hydrocarbones plus lourds, qui comprennent le pétrole naturel ne peut se produire qu'à des régimes de haute pression de l'ordre du multi-kilobar, comme cela sera démontré dans les articles suivants (NdT: ces articles se trouvent tous sur le site du Professeur Kenney: http://gasresources.net )

## 2. Le commencement historique de la science pétrolière, avec une touche d'ironie:

Nous pouvons considérer que l'histoire de la science du pétrole a vu le jour en 1757, année durant laquelle le grand savant russe Mikhailo V. Lomonosov énonça l'hypothèse que le pétrole pourrait provenir de détritus biologiques. Appliquant les techniques d'observation rudimentaires à l'époque et leur corollaire de capacité analytique limitée, Lomonosov fit l'hypothèse que "l'huile de roche (pétrole brut) provenait de la décomposition d'êtres vivants marins et d'autres animaux, qui se sont retrouvés enfouis dans les sédiments et qui après un laps de temps très long passé sous une certaine influence de chaleur et de pression, se transformaient en "huile de roche".

Ceci représente la science descriptive pratiquée par Lomonosov et Linnaeus au XVIIIème siècle.

Il fallut attendre le XIXème siècle pour que deux scientifiques rejettent l'hypothèse de Lomonosov, en les personnes du célèbre géobiologiste et naturaliste allemand Alexander Von Humbolt et le chimiste français Louis-Joseph Gay-Lussac, qui ensemble énoncèrent une proposition faisant état du pétrole comme étant un matériau primordial éruptant de grandes profondeurs et qui n'était pas connecté avec la matière biologique que l'on trouve près de la surface terrestre. Ainsi les deux idées furent délivrées par des gens aux pédigrés prestigieux: la fausse notion biologique a été avancée par le grand savant russe de son époque et la proposition abiotique, un demi-siècle plus tard, par respectivement deux des plus grands scientifiques allemand et français.

Historiquement, la première répudiation scientifique de l'hypothèse de Lomonosov du pétrole ayant une origine biotique, vint de chimiste et de thermodynamicien. Avec le développement constant de la chimie pendant le XIXème siècle et surtout après l'énoncée de la seconde loi de la thermodynamique par Clausius en 1850, l'hypothèse biotique de Lomonosov fut inévitablement attaquée.

Le grand chimiste français en particulier, Marcelin Berthelot, moucha l'hypothèse de l'origine biotique du pétrole.

Berthelot fit en premier lieu toute une série d'expériences qui impliquaient entre autre, une série de ce qui est appelé aujourd'hui de réactions de Kolbe et démontra la création de pétrole en dissolvant de l'acier dans un acide puissant.

Il produisit une suite de n-alcanes et mit en évidence que ceci se produisit en absence totale de quelque molécule biologique que ce soit dans le processus. Les recherches de Berthelot furent par la suite étendues et continuées par d'autres scientifiques comme Biasson et Sokolov, tous observèrent des résultats similaires et conclurent que le pétrole n'était pas connecté à la matière organique.

Dans le dernier quart du XIXème siècle, le grand chimiste russe Dimitri Mendeleev examina également et rejeta l'hypothèse de Lomonosov d'une origine biotique du pétrole.

Mais, en contraste avec Berthelot qui n'avait offert aucune suggestion quant à l'origine du pétrole, Mendeleev fit clairement état que le pétrole était un élément primordial éruptant de grande profondeur.

Avec une anticipation extraordinaire, Mendeleev fit l'hypothèse qu'il existait des structures géologiques qu'il appelait "des failles profondes" et correctement identifia des endroits faibles dans la croûte terrestre par où le pétrole pouvait voyager depuis les profondeurs.

Après avoir fait cette hypothèse, Mendeleev fut abusivement critiqué par les géologues de l'époque dans la mesure où aucune notion de "failles profondes" n'existait alors.

Aujourd'hui bien sûr, une compréhension scientifique des poussées tectoniques serait impossible sans la connaissance de ces failles profondes.

## 3. L'énoncé et le développement de la science pétrolière moderne.

L'élan pour le développement de la science pétrolière moderne survint peu après la fin de la seconde guerre mondiale et fut propulsé par la reconnaissance par le gouvernement de l'URSS de l'importance cruciale du pétrole dans la guerre moderne.

En 1947, l'URSS avait très peu de réserves de pétrole d'après les estimations de ses experts en la matière et dont l'essentiel reposait dans les larges champs pétroliers de la région de la péninsule d'Abseron, près de la ville de Bakou sur la Mer Caspienne, dans ce qui est aujourd'hui l'Azerbaïdjan.

A cette époque, les champs pétroliers près de Bakou étaient dits presque à sec et proche du tarissement. Pendant la seconde guerre mondiale, les soviétiques avaient occupés les deux provinces du nord de l'Iran; en 1946, le gouvernement britannique força les soviétiques à quitter l'endroit.

Dès 1947, les soviétiques surent que ni les Américains, ni les Britanniques, ni les Français, ne les laisseraient opérer au Moyen-Orient, ni dans les zones productrices de pétrole d'Afrique, ni d'Indonésie, ni de Birmanie, ni de Malaisie, ni de tout endroit en Extrême-Orient ou en Amérique du sud. Le gouvernement soviétique réalisa alors que de nouvelles réserves de pétrole se devaient d'être découvertes er développées au sein même de l'URSS.

C'est alors que l'URSS initia un programme du genre de celui du "Manhattan Project" aux Etats-Unis, auquel il fut demandé d'étudier avec la plus haute priorité tous les aspects liés au pétrole, de déterminer ses origines, de savoir comment les réserves se forment et d'être sûr de savoir ce qui serait la ou les méthodes les plus sûres pour son exploration et son exploitation.

A cet époque l'URSS bénéficiait d'un excellent système éducatif, héritage de la révolution de 1917. La communauté du pétrole avait à cette époque presque deux générations d'hommes et de femmes, hautement éduqués, scientifiquement compétents, prêts à prendre en compte la tâche d'analyser l'origine du pétrole. La science pétrolière moderne s'ensuivit dans les cinq ans.

En 1951, la théorie russo-ukrainienne de l'origine profonde et abiotique du pétrole fut pour la première fois énoncée par Nikolai A. Kudryavtsev au congrès pétrolier de l'Union. Kudryavtsev analysa en détail l'hypothèse d'une origine biotique du pétrole et mit en évidence les erreurs associées avec cette hypothèse. Kudryavtsev fut bientôt rejoint par un bon nombre de géologues russes et ukrainiens, où figuraient parmi les premiers les professeurs P.N. Kropotkin, K.A. Shakhvarstova, G.N. Dolenko, V.F. Linetskii, V.B Porfir'yev et K.A. Anikiev.

Durant la première décennie de son existence, la théorie moderne des origines du pétrole fut sujette à une opposition et controverse intenses.

Entre les années 1951 et 1965, sous le leadership de Kudryatsev et Porfir'yev, un nombre croissant de géologues publièrent des articles scientifiques démontrant les erreurs et les inconsistances inhérentes à "l'ancienne hypothèse de l'origine biotique".

Après la première décennie de la théorie moderne, l'obsolescence de l'hypothèse du XVIIIème siècle de la théorie de l'origine du pétrole qui disait que le pétrole provenait de détritus biologiques décomposés dans les couches sédimentaires près de la surface terrestre, fut démontrée, la théorie de Lomonosov discréditée, et la théorie moderne fermement établie.

Un point très important à mentionner est que la théorie moderne russo-ukrainienne de l'origine profonde abiotique du pétrole fut dès l'origine, une théorie émanant de géologues. Kudryatsvev, Porfir'yev, Kropotkin, Dolenko et les développeurs de la théorie étaient tous des géologues. Leurs démonstrations étaient donc nécessairement celles de géologues, développées au travers de nombreuses observations, et l'ensemble des données furent organisé en un système, défendu avec persuasion.

Par contraste, la pratique de la science moderne générale et en particulier la physique et la chimie, implique un minimum d'observation et de données et applique seulement un minimum de lois physiques, exprimées inévitablement sous forme mathématique et défendues par contrainte.

Cette preuve prédictive des déclarations des géologues pour la théorie moderne de l'origine profonde abiotique du pétrole a dû attendre près d'un demi-siècle, car ceci avait besoin non seulement du développement de la mécanique quantique moderne mais aussi celui d'une théorie multifonctions et l'application de la géométrie statistique pour l'analyse des fluides denses et d'une théorie de particule réduite (NdT: "designated scaled particle theory" en anglais dans le texte original)

### 4. L'organisation de ces articles

Les articles collectés et exposés dans ce site internet public sont organisés en plusieurs catégories et sous-catégories: les principales catégories sont les publications scientifiques, les publications économiques, et les essais socio-politiques.

L'organisation du site ne suit pas l'ordre chronologique du développement de la théorie moderne russo-ukrainienne de l'origine profonde et abiotique du pétrole mais les arrange suivant les différents aspects de la science pétrolière moderne.

Un certain nombre de ces articles furent présentés à la conférence internationale sur la production pétrolière en sous-sol cristallin, qui s'est tenu à Kazan en Russie en Juin 2001 en célébration du cinquantième anniversaire de la théorie erronée par Kudryatsev.

## 4.1 Les articles scientifiques et techniques

Les publications scientifiques sont divisées en deux sets d'articles. Le premier set étant ceux avec une fondation scientifique solide sur laquelle repose la théorie moderne de la science pétrolière; le second set faisant part des applications de cette science moderne à l'exploration et à l'exploitation du pétrole en accord avec la théorie.

Dans la première sub-section se trouvent plusieurs articles qui concernent directement la thermodynamique statistique de l'évolution des molécules d'hydrocarbones et l'origine du pétrole. Le premier article de cette section analyse les contraintes de l'irréversibilité sur l'évolution du système hydrogène-carbone [H-C] comme déterminé par la seconde loi de la thermodynamique.

Dans cet article, le formalisme de la thermodynamique moderne est appliqué librement et l'impossibilité de la genèse spontanée d'hydrocarbones plus lourds que le méthane dans des régimes de température et de pression régnant proche de la surface de la croûte terrestre y est stipulée.

Un article successif analyse et réfute les "preuves" pour une origine biotique du pétrole comme couramment énoncées dans les livres références typiques britanniques et américains couvrant la géologie pétrolière, tels par exemples les "biomarqueurs", l'observation de l'activité optique, la petite différence dans l'abondance des molécules linéaires avec leur nombre paire ou impair d'atomes de carbone, la présence de porphyrines, etc.

Les revendications que chacun de ces éléments sont des preuves de l'origine biotique du pétrole y sont réfutées par des preuves non discutées publiées dans des journaux scientifiques de première classe, parfois même depuis plus de trente ans. Les revendications perpétuelles de ces erreurs flagrantes comme "preuves" de l'origine biotique du pétrole sont reconnus comme étant une fraude.

Un article décrit une analyse très récente de la stabilité thermodynamique du système hydrogène-carbone (mettre le lien sur les mots) dans des circonstances les plus favorables à la formation d'hydrocarbones et montre que les hydrocarbones dont le pétrole naturel, ne peuvent pas évoluer spontanément à des pressions moins élevées qu'approximativement 30kbar, pressions qui ne correspondent qu'à des pressions régnant dans le manteau terrestre.

En second lieu, cet article décrit la démonstration expérimentale de ces prédictions théoriques avancées, où du marbre solide de laboratoire ($CaCO_3$), de l'oxyde de fer (FeO), mouillés à l'aide d'une eau triplement distillée, ont été soumis à des pressions allant jusqu'à 50 kbar et des températures de 2000 o C. Sans aucune contribution hydrocarbonée ni de détritus biologiques, le système $CaCO_3$-FeO-$H_2O$ génère spontanément et à des pressions prédites théoriquement au préalable, une suite d'hydrocarbones caractéristique du pétrole naturel.

## 4.2 Les publications économiques

Le second groupe d'articles se consacre aux sujets importants connectés avec les conséquences économiques que la science moderne pétrolière russo-ukrainienne implique. Dans ces articles, sont analysés à la fois quelques unes des fables économiques qui ont été traditionnellement adjointe à l'erreur qui dit que le pétrole est une "sorte de carburant fossile" (comme la théorie qui prédit que la race humaine va épuiser les ressources de pétrole naturel), pour la raison supposée que le pétrole dérive de détritus biologiques, bien que ce concept soit en violation directe des lois de la thermodynamique chimique.

## 4.3 Les essais socio-politiques

Le troisième groupe d'articles analyse les divers aspects sociologiques et politiques liés à la théorie moderne de la science pétrolière russo-ukrainienne de l'origine profonde et abiotique du pétrole; ces aspects ont trop souvent empêché personnes et gouvernements aux Etats-Unis et en occident d'apprendre de quoi il retourne.

Dans cette section se trouve des exemples de quelques efforts publiés pour discréditer la théorie moderne russo-ukrainienne de la science pétrolière. Cette théorie abiotique est extraordinaire en bien des points, incluant le fait bizarre et les circonstances qui ont menées à des tentatives de plagiarisme scientifique. Ces tentatives de plagiarisme sont également adressées dans cette section.

## -Partie 2-
## Réfutation des propositions d'une connexion biologique pour les produits pétroliers naturels

Dr. J.F. Kenney, Institut de Physique Terrestre, Académie des Sciences, Moscou & Gas Resources Corporation, Houston, TX, USA

Dr. Y. F. Shnyukov de l'Académie Nationale des Sciences d'Ukraine

Dr. V.A. Krayushkin de l'Institut des Sciences Géologiques, Kiev, Ukraine

Dr. I.K. Karpov, Institut de Géochimie de l'Académie des Sciences de Russie, Irkoutsk, Russie

Dr. V.G. Kutcherov, Université d'État du Gaz et du Pétrole, Moscou, Russie

Dr. I.N. Plotnikova de la compagnie nationale pétrolière du Tatarstan (TatNeft S.A), Kazan, Russie

*Url de l'article original:*
*http://www.gasresources.net/DisposalBioClaims.htm*
*~ Traduit de l'anglais par Résistance 71 ~*

## Introduction:

Avec la reconnaissance du fait que les lois de la thermodynamique prohibent l'évolution spontanée d'hydrocarbones liquides dans un régime de température et de pression caractéristique de celui rencontré dans la croûte terrestre, nous ne devrions pas nous attendre à ce qu'il existe une preuve scientifique évidente suggérant qu'un tel processus pourrait de fait se produire.

Conséquemment et de manière correcte il n'y en a pas de preuve scientifique.

Néanmoins, et de manière surprenante, nous trouvons de manière continue des allégations diverses qui se voudraient "preuves" constitutives que le pétrole naturel proviendrait d'une certaine manière (et miraculeusement) de matière biologique.

Dans ce court article, ces assertions sont sujettes à une attention scientifique, démontrées comme étant sans fondement et réfutées.

Les propositions qui tendent à vouloir prouver qu'il y ait un rapport entre le pétrole naturel et de la matière biologique peuvent être classifiées grosso-modo en deux catégories: les propositions faites sur une base du "ressemble/provient de" et celles faites sur une base de "propriétés similaires/ provient de".

La première catégorie de propositions applique une ligne de déraisonnement comme suit: l'argument se formule ainsi; parce certaines molécules que l'on trouve dans le pétrole brut naturel "ressemblent" à certaines autres molécules trouvées dans d'autres systèmes biologiques, donc elles doivent venir d'un environnement biologique. Une telle notion est équivalent à soutenir le fait que les éléphants ont des défenses parce que ces animaux doivent sûrement manger des touches de piano.

Parfois, les propositions du "ressemble/provient de" stipulent que certaines molécules trouvées dans le pétrole naturel sont des molécules biologiques, et n'évoluent seulement que dans des systèmes biologiques. Ces molécules ont souvent été baptisées "marqueurs biologiques".

La correction scientifique se doit d'être établie sans équivoque possible: Il n'y a *jamais* eu d'observation de molécules biologiques spécifiques dans le pétrole naturel, à l'exception de contaminants.

Le pétrole est un excellent solvant pour les composés carbonés et dans les strates sédimentaires d'ou est souvent extrait le pétrole, celui-ci absorbe en solution beaucoup de matériaux carbonés ceci incluant des détritus biologiques.

Quoi qu'il en soit, ces contaminants ne sont pas liés au solvant pétrole. Les hypothèses au sujet de ces "marqueurs biologiques" ont été scrupuleusement discréditées par les observations faites de ces molécules émanant de l'intérieur d'anciennes météorites abiotiques et aussi dans bien des cas par des synthèses de laboratoire réalisées sous des conditions imposées imitant l'environnement naturel. Dans la discussion qui s'ensuit plus bas, les arguments amenés à propos des molécules de porphyrine et d'isoprénoïde font l'objet d'une attention particulière, car beaucoup des cette argumentation "ressemble / provient de" est issue de ces composants.

L'argument "propriétés similaires / provient de" implique un phénomène péculier avec lequel des personnes qui ne travaillent pas dans la profession scientifique ne seront pas familières.

Ceci inclut l'argument du "déséquilibre de l'abondance entre pair et impair, les arguments concernant "l'isotope de carbone" et les arguments concernant "l'activité optique". Le premier argument, celui du "pair-impair" a été démontré comme n'étant pas lié à aucune propriété biologique.

Le second, celui de "l'isotope de carbone", a été démontré comme étant dépendant d'une mesure d'une obscure propriété des fluides carbonés qui ne peut pas être considérée comme étant une mesure fiable de l'origine.

Le troisième argument, celui de "l'activité optique" a droit à une étude particulière, car les observations de l'activité optique dans le pétrole naturel ont été adulées comme étant "la preuve" de quelque "origine biologique" du pétrole. Ceci a été discrédité il y a déjà plusieurs décennies par l'observation de l'activité optique de matériau pétrolifère extrait de l'intérieur de météorites carbonées.

De manière plus signifiante, une analyse récente, qui a résolue le grand problème non résolu du passé sur la genèse de l'activité optique dans les fluides biotiques, a établi que le phénomène de l'activité optique est une conséquence thermodynamique inévitable de la phase de stabilité des fluides multi-composés sous hautes pressions.

De la sorte, l'observation de l'activité optique dans le pétrole naturel est totalement consistante avec les résultats de l'analyse thermodynamique de la stabilité du système hydrogène-carbone [H-C], qui établit que les molécules d'hydrocarbones plus lourdes que le méthane et tout particulièrement les hydrocarbones liquides, se développent spontanément à hautes pressions, pressions comparables à celles nécessaires à la formation du diamant.

Il y a deux sujets qui sont particulièrement utiles pour détruire les arguments divers et fallacieux en rapport avec un lien supposé entre le pétrole brut et de la matière organique: les observations intensives faites de matériaux carbonés provenant de météorites charbonneux (NdT: ou contenant du carbone) ainsi que les produits de réaction du processus de Fisher-Tropsch. Parce que ceci est tres important, un bref exposé de ces deux choses est de rigueur.

**Les météorites contenant du carbone (charbonneuses)**
Les météorites contenant du carbone, incluant particulièrement les chondrites carbonées sont des météorites dont la composition chimique comporte du carbone en quantité allant de quelques dixièmes de pourcent à approximativement 6% de la masse.

L'âge de ces météorites contenant du carbone est en général de l'ordre de 3 à 4,4 milliards d'années et leur origine très clairement abiotique. La structure minérale de ces roches établit que ces météorites carbonées ont existé à de très basses températures, bien plus basses que le point de congélation de l'eau, de manière effective depuis le temps de leur formation originelle.

Une telle histoire thermique de ces météorites à carbone élimine toute possibilité qu'il y ait jamais eu une vie ou même de la matière biologique sur celles-ci. Les preuves obtenues par les recherches scientifiques sur le matériau carboné de l'intérieur de ces météorites ont détruit beaucoup des affirmations qui cherchent à établir une connexion biologique entre le pétrole et la matière biologique.

De manière signifiante, la plupart du matériau carboné des météorites charbonneuses consiste en des hydrocarbones existant à la fois sous forme solide et sous forme liquide. (1, 5, 7, 8). Néanmoins, le matériau pétrolifère contenu dans les météorites carbonées ne peut pas être considéré comme étant à l'origine du pétrole naturel trouvé près de la surface terrestre. Le dégagement de chaleur qui inévitablement a accompagné le processus d'impact durant l'accumulation de météorites dans la Terre à l'époque de sa formation, aurait sans nul doute causée la décomposition de la plupart des molécules d'hydrocarbones contenus.

Les météorites carbonés ont donné à la Terre son carbone (même délivré sous forme d'hydrocarbones), mais pas ses hydrocarbones ou son pétrole naturel. Les processus par lesquels les hydrocarbones évoluent du matériel natif, originel de la Terre sont décrits et démontrés par la suite.

## Le processus de Fischer-Tropsch

Le processus de Fischer-Tropsch est la technique industrielle la plus connue pour la synthèse des hydrocarbones et a été utilisé depuis plus de soixante-quinze ans. Ce processus de Fischer-Tropsch fait réagir le monoxyde de carbone et l'hydrogène dans des conditions de synthèse d'approximativement 150 bars et 700 degrés Kelvin (K), en présence de $ThO_2$, $MgO$, $Al_2O_3$, $MnO$, des argiles et les catalystes Ni, Co et Fe. Les réactions sont les suivantes:

$$nCO + 2nH_2 \longrightarrow nH_2O + C_nH_{2n}$$
(NiCo)

Quand un catalyste fer (Fe) est utilisé la synthèse Fischer-Tropsch procède en accord avec cette réaction:

$$2nCO + nH_2 \longrightarrow nCO_2 + C_nH_{2n}$$

Le résultat du processus est approximativement 200g d'hydrocarbones pour 1m3 de mixture CO et $H_2$.

Pendant la seconde guerre mondiale, la production de carburants liquides par le processus de Fischer-Tropsch fut utilisé de manière extensive en Allemagne, approximativement 600 000 tonnes de carburant synthétique furent produites en 1943.

Les produits de la réaction de Fischer-Tropsch ne sont métastables que dans les conditions thermodynamiques de leur synthèse; à une pression d'environ 150 bars seulement et 700oK, la destruction des hydrocarbones liquides est inévitable.

Pendant la réaction induite par le processus, les produits en résultant sont rapidement refroidis et placés dans des conditions de moindre pression.

L'environnement naturel ne mimique pas l'environnement du processus de Fischer-Tropsch qui est très contrôlé, hautement régulé de manière industrielle. Le processus de Fischer-Tropsch ne peut pas être considéré pour la genèse de pétrole naturel.

**Les propositions spécieuses des "marqueurs biologiques": l'irelevance de la présence de porphyrines et similairement d'isoprenoïdes, de pristane, de phytane, de clorins, de terpines, de cholestane etc, dans le pétrole naturel.**
On peut lire dans presque tous les livres d'étude référence publiés en anglais et disant s'intéresser au sujet de la géologie pétrolière, diverses propositions faites expliquant que la présence de certaines molécules trouvées dans le pétrole naturel constitue l'évidence ou même la "preuve", que le pétrole a évolué de matière organique. Ces molécules appelées évidences d'une connexion biologique incluent des molécules comme les porphyrines, les isopenoïdes, pristane, phytane, cholestane, terpines, clorines etc.

Des recherches poussées ont prouvé ces affirmations comme étant sans fondement. Pristane et phytane sont simplement des alkanes ramifiés de la classe isoprenoïde. Cholestane, $C_2H_{48}$ est un véritable hydrocarbone hautement réduit, mais ne dopit pas être confondu avec la molécule oxydée, biotique de cholestérol. Cholestane et cholestérol ont une structure géométrique similaire et partagent la même structure carbonée, là s'arrête la similitude. Cholestane est un constituant du pétrole naturel, le cholestérol ne l'est pas. De manière significative, le processus de Fischer-Tropsch produit des isoprenoïdes, incluant phytane et pristine.

Les éléments d'origine biogénique véritable tels que les spores fossiles ou le pollen, sont effectivement souvent observés dans le pétrole brut, et trop souvent étiquettés à tort "marqueurs biologiques", ainsi établissant une relation supposée entre le pétrole naturel et le matériel biologique.
Une recherche attentive de la question a établi que les matériaux biologiques se sont lentement infiltrés en solution dans le pétrole brut depuis des matériaux organiques enfouis dans les réservoirs (typiquement sédimentaires) de roches d'où le pétrole a été pris.

Bien au contraire, les matériaux indiscutablement biologiques tels les spores et le pollen que l'on trouve dans le pétrole brut peuvent être en fait considérés comme des "marqueurs abiotiques" de l'origine du pétrole. Par exemple, le pétrole brut trouvé dans des réservoirs rocheux de l'âge permien contient toujours des spores et des pollen non seulement de la période du Permien, mais aussi des spore et des pollen d'âges plus anciens, comme par exemple du Carbonifère, Dévonien et Précambrien, dans des pétroles recherchés au Tatarstan en Russie.

Dans la même région et dans d'autres portions de la province géologique de la Volga-Oural, les pétroles bruts se trouvant dans des sédiments du Carbonifère sont caractérisés par des concentrations de spores d'âges s'étalant du Carbonifère jusqu'au Précambrien, et les bruts trouvés dans des strates de grès contiennent des spores du Dévonien jusqu'au Précambrien.

Les types de porphyres, isoprénoïdes, terpines et clorines, trouvés dans le pétrole naturel ont été observés dans des échantillons de l'intérieur de pas moins de cinquante-quatre météorites, incluant des météorites amphorétiques (Chainpur, Ngavi, Semarkona), des chondrites de bronze (Charis, Ghubara, Kulp, Tieschitz), chondrites charbonneuses des quatre classes pétrologiques (Alais, Bali, Bells, Cols Bockeveld, Eracot, Felix, Groznaia, Haripura, Ivuna, Kaba, Kainsaz, Karoonda, Lance, Mighei, Mokoia, Murchison, Murrey, Orgueil, Ornans, Pseudo, Renazzo, Santa Cruz, StCapraix, Staroye Boriskino, Tonk, Vigarano, Warrenton), des météorites enstatiques (Abee, Hvittis, Indarkh), des chondrites hypersthène (Bishunpur, Bruderheim, Gallingebirge, Holbrook, Homestead, Krymka), des météorites ferreuses (Arus, Yardymli, Burgavli, Canyon Diabolo, Odessa, Toluca), des météorites aubrites (Norton County) et des météorites ureillite (Dyalpur, Goalpara, Novo Urei).

Les observations de ces molécules dans des météorites précisément discréditent les affirmations que leur présence dans le pétrole naturel constitue une évidence d'une connexion biologique de la formation du pétrole. Parce que des affirmations vigoureuses (et erronées) sont souvent faites à partir du cas des porphyrines observés dans le pétrole naturel, ces molécules seront envisagées plus en détail.

Les porphyrines comprennent une classe de molécules cycliques ionophères, une classe spéciale de ligands polydentate pour les métaux. Les porphyrines sont lourdes et sont des molécules planes chélatantes que l'on trouve à la fois dans les systèmes biotiques et abiotiques.

Certaines molécules de porphyrines ont une signifiance biologique spéciale: la vitamine B12, la chlorophylle, la porphyrine qui est l'agent du processus de la photosynthèse chez les plantes, ainsi que la molécule d'hème, le composant de porphyrine de la protéine hémoglobine qui est la responsable du transport de l'oxygène dans le système sanguin des mammifères. Comme exemple du poids moléculaire important des porphyrines, l'hémoglobine a la formule chimique empirique suivante:

$[C_{738}H_{1166}O_{208}N_{203}S_2Fe]_4$.

**Ni la vitamine B12, ni la chlorophylle, ni même l'hème (ou l'hémoglobine), ni quelque porphyrine biotique que ce soit, n'ont jamais été observés comme composant du pétrole naturel.**

Les molécules de porphyrine trouvées dans le pétrole naturel possèdent des groupes différents de ceux de la chlorophylle ou de l'hème. L'élément métallique central de chélate dans la chlorophylle est toujours le magnésium; dans l'hème c'est le fer. Dans les molécules de porphyrines trouvées dans le pétrole naturel, l'élément métallique central de chélate trouvé est typiquement le vanadium ou le nickel.

Comment précédemment dit, les molécules de porphyrines évoluent à al fois de manière biologique et de manière non biologique. Pendant les années 1960 et 1970, des molécules de porphyrines, qui sont les mêmes que celles provenant du pétrole terrestre, furent observées dans les fluides hydrocarbonés extraits de l'intérieur des météorites contenant du carbone.

Les observations de porphyrines de type pétrolier dans les hydrocarbones fluides extraits de l'intérieur de ces météorites carbonées annihilèrent a fortiori, les affirmations que ce types de molécules constituent la "preuve" d'une connexion entre le pétrole et une matière biologique.

De plus, après l'observation de ces molécules de porphyrines dans les météorites carbonées, ces molécules de type pétrolier furent synthétisées de manière abiotique en laboratoire sous des conditions spécifiques de thermodynamique chimique établies pour mimer les conditions abiotiques des météorites. (8, 14)

Les affirmations par la "preuve par la porphyrine" furent annihilées par les études des météorites contenant du carbone faites il y a approximativement trente ans et ceci un fait connu et établi dans la communauté des scientifiques travaillant dans le domaine du pétrole. Tous les composants identifiés comme "marqueurs biologiques" et non autrement identifiés comme étant des contaminants, ont été soit observés dans les fluides extraits des météorites, ou synthétisés en laboratoire dans des conditions comparables à celles de la croûte terrestre, ou les deux.

Ces faits scientifiques et leur connaissance de fait, sont éludés dans la mesure où tous les livres de référence publiés en langue anglaise sur le sujet de la géologie du pétrole, incluant ceux cités au dessus, continuent de répéter les vieilles affirmations discréditées que la présence de porphyrines (abiotique) dans le pétrole naturel est une preuve de son origine biologique. Ces assertions, quelques trente ans après avoir été démontrées scientifiquement fausses et insoutenables, doivent être reconnues purement et simplement comme une fraude intellectuelle.

Les affirmations d'abondance "pair-impair", impliquant le petit déséquilibre de l'abondance relative de molécules linéaires d'hydrocarbones contenant un nombre impair d'atomes de carbone, comparé à ses homologues contenant un nombre pair.

Ces affirmations concernant le déséquilibre des molécules linéaires contenant des nombres pairs et impairs, respectivement, d'atomes de carbone est un autre type de l'argument "les constituants de pétrole naturel ont 'les mêmes propriétés' que les constituants des systèmes biologiques, d'une certaine manière, et donc le pétrole a dû évoluer à partir de matière biologique." Aucun adolescent intelligent dans un Lycée russe, allemand, hollandais ou suisse, accepterait ce type de raisonnement.

Quoi qu'il en soit, ce genre d'arguments et d'affirmations sont régulièrement avancés dans les livres d'étude de langue anglaise se rapportant avec l'étude géologique du pétrole. Ces affirmations sont démontrées ici être sans mérite et scientifiquement infondées.

Le pétrole naturel est un mélange de molécules d'hydrocarbones de plusieurs classes. La classe la plus courante de molécules rencontrées dans le pétrole est celui des alcanes normaux, ou n-alcanes, qui ont la formule chimique $C_nH_{2n+2}$ et une structure en chaîne (comme noté dans le premier article). Par exemple n-octane, $C_8H_{18}$ a la structure montrée sur la figure 1 (NdT: les figures sont dans l'article original en anglais que nous vous invitons à consulter ici:

http://www.gasresources.net/DisposalBioClaims.htm ).

Pour être plus correct, les atomes de carbone ne s'alignent pas exactement en ligne droite, une image plus réaliste d'un n-octane représentant ses propriétés géométriques, est représentée sur la figure 2, où n-$C_8H_{18}$ est dessiné sur un schéma "bâton et boules".

Quoiqu'il en soit, sur les deux figures, la chaîne d'aspect linéaire de la molécule n-alcane est montrée clairement.
De manière similaire au cyclohexane décrit dans le premier article, l'hydrocarbone n-$C_8H_{18}$ est relié géométriquement à une ou plusieurs molécules biologiques par substitution de quelques uns de ses atomes d'hydrogène par des OH radicaux.

De manière spécifique, si un des atomes d'hydrogène de chaque atome de carbone du c-$C_8H_{18}$ était remplacé par un radical OH, la molécule résultante serait n-$C_8H_{18}O_8$, représentant un hydrate de carbone, comme montré dans la figure 3, un sucre simple lié au fructose (et dont le potentiel chimique est d'environ 2 500 cal moindre que celui du n-octane).

Dans une distribution de molécules d'hydrocarbones linéaires comprises dans le pétrole naturel, l'apparence n-alcanes en chaîne manifeste un léger déséquilibre de profusion qui favorise les molécules ayant un nombre d'atomes de carbone impair, en comparaison d'avec ceux ayant un nombre pair.

De manière similaire, une distribution de molécules biologiques linéaires, comme celles en chaîne des hydrates de carbone, manifeste également un léger déséquilibre des molécules possédant un nombre d'atomes de carbone impair, toujours en comparaison de ceux ayant un nombre pair.

De cette modeste et quelque peu obscure similarité émanant du déséquilibre de la profusion impair-pair, des suppositions ont été faites que les hydrocarbones proviennent de matière biologique.

Bien sûr, la seconde loi de la thermodynamique prohibe ce fait, ce qui devrait annihiler ces assertions.

Une recherche simple sur des hydrocarbones générés de matière abiotique manifeste également ce déséquilibre impair-pair de la profusion moléculaire pour les molécules linéaires. Les produits de la réaction de Fischer-Tropsch également comme le font à la fois le pétrole naturel aussi bien que les molécules biologiques.

Un exemple spécifique de la genèse inévitable des molécules d'hydrocarbones, qui manifestent les déséquilibres impair-pair des molécules linéaires a été démontré par Zemanian, Streett et Zollweg il y a plus de quinze ans. Zemanian et al. ont démontré la genèse d'hydrocarbones lourds et liquides sous hautes pressions et températures à partir d'une mixture de méthane et de propane. En particulier, Zemanian et al. on mesuré les profusions relatives des molécules de chaînes linéaires d'hydrocarbones.

*"Ces résultats sont aussi notables quand on considère le ratio de nombre d'atomes de carbone pair-impair du pétrole. Un des arguments d'une origine biotique du pétrole a été que ces fluides marquent généralement une petite prévalence pour les atomes impairs d'hydrocarbones. Il est aussi connu que les organismes vivants produisent une chaîne comportant de manière primordiale des un nombre d'atomes de carbone impair (des hydrates de carbone). Les processus abiotique ont été présumés produire des hydrocarbones à un nombre d'atomes de carbone pair et impair grosso modo équivalent.*

*Les résultats de notre travail démontrent que cette présomption est fausse. Les chimies abiotique et biotique des hydrocarbones favorisent des réactions impliquant deux carbones au lieu de réaction favorisant un carbone, menant à des réacteurs préférés de molécules à chaîne impaire."*

Il convient ici de noter que l'affirmation du "déséquilibre du nombre pair-impair d'atomes de carbone" comme étant une preuve (sic) d'une origine biologique du pétrole, a été rejetée par des physiciens et des mécaniciens de la statistique compétents, presqu'immédiatement après qu'elle fut introduite.

Ce déséquilibre pair-impair est simplement le résultat d'une propriété directionnelle du lien covalent couplée avec la géométrie des molécules linéaires.

## Le phénomène de l'activité optique dans le pétrole naturel: preuve d'une genèse abiotique sous haute pression

Peut-être à cause de sa provenance historique dans la fermentation du vin, le phénomène de l'activité optique dans les fluides fut pour quelque temps, au centre de la croyance que cela avait une connexion intrinsèque avec le processus de création biologique. 20,21. Une telle erreur persista jusqu'au moment où une activité optique fut observée dans des matériaux extraits de l'intérieur des météorites. Certains de ces matériaux étaient estampillés comme étant d'origine exclusivement biotique.

De l'intérieur de météorites contenant du carbone ont été extraites des molécules d'acides aminés commun tels l'alanine, l'acide aspartique, l'acide glutamique, la glycine, la leusine, la proline, sérine, théorine ainsi que certaines très inhabituelles comme l'acide alpha-aminoisobutyrique, l'isovaline ou la pseudo leucine.

Il fut un temps où toutes étaient considérées comme étant exclusivement d'origine biotique. L'âge de ces météorites fut déterminé comme étant compris entre 3 et 4,5 milliards d'années et leur origine clairement abiotique. Ainsi ces amino-acids durent être reconnus comme étant des composants à la fois d'une genèse biotique et d'une genèse abiotique.

De plus, des solutions de ces molécules d'acides-aminés de ces météorites charbonneuses furent confirmées avoir une activité optique. Ainsi fut précisément discrédité la notion que le phénomène d'activité optique dans les fluides (particulièrement ceux dans des composés carbonés) puissent avoir une connexion intrinsèque avec de la matière biotique.

De manière significative, l'activité optique observée dans les acides-aminés extraites de ces météorites contenant du carbone n'avait pas les caractéristiques de celle communément observée dans celles d'origine biotique, avec un seul énantiomère présent et une profusion déséquilibrée des molécules de chiral, appelée « scalémique ».

L'activité optique communément observée dans le pétrole naturel a été pendant des années clamée comme étant la preuve d'une certaine connexion avec des détritus biologiques, malgré que cela eut demandé à la fois une volonté d'ignorer les différences considérables entre l'activité optique observée dans le pétrole naturel et de celle observée dans des produits d'origine réellement biotique tel le vin, mais aussi une désuétude des diktats des lois de la thermodynamique.

L'activité optique est observée dans des minéraux tel le quartz aussi bien que dans le pétrole et aussi parmi des molécules biologiques. L'activité optique observée dans le pétrole est plus caractéristique de la même observée dans des minéraux abiotiques, telle celle se passant naturellement dans le quartz qui sont des minéraux polycristalins avec une distrubution scalémique de domaines de propriétés rotatifs gauche-droite.

Les molécules chirales du pétrole manifestent des distributions scalémiques et manquent de manière significative de distribution homochirale qui caractérise la matière biotique [opticalement] active. L'activité optique dans le pétrole naturel est caractérisée par soit une rotation droite (positive ou dextro-rotatoire) ou gauche (négative ou levo-rotatoire) du plan de polarisation. Par contraste, dans les matériaux biologiques, une rotation vers la gauche est dominante.

L'observation de l'activité optique dans les hydrocarbones extraits de l'intérieur des météorites contenant du carbone, et de fait typique dans le pétrole naturel, discrédita ces affirmations.[2,26] Quoi qu'il en soit, l'explication scientifique du pourquoi les hydrocarbones manifestent-ils une activité optique, à la fois dans les météorites charbonneux et dans le pétrole brut terrestre demeura non résolue jusqu'à récemment.

Les molécules chirales du pétrole naturel proviennent de trois sources distinctes: contamination par des détritus biologiques dans la strate superficielle d'où le pétrole a été tiré; l'altération et la dégradation du pétrole originel par des microbes qui consomment et métabolisent le pétrole; les molécules chirales hydrocarbonées qui sont intrinsèques au pétrole et générées avec celui-ci. Seule la dernière source mentionnée concerne l'origine du pétrole.

La genèse de la distribution scalémique des molécules chirales du pétrole naturel a récemment été démontrée comme étant une conséquence directe de la géométrie chirale du système de particules agissant en accord avec les lois classiques de la thermodynamique.

La résolution du problème de l'origine des distributions scalémiques des molécules chirales du pétrole naturel a été démontrée comme étant une conséquence inévitable de leur genèse à haute pression.

Ainsi, le phénomène d'activité optique dans le pétrole naturel, au contraire de supporter une assertion de connexion biologique, confirme fortement la genèse à haute pression du pétrole naturel et par là-même la théorie russo-ukrainienne de ses origines profondes et abiotiques.

**Les ratios d'isotopes de carbone et leur insuffisance comme indicateur d'origine :**
Les affirmations concernant les ratios d'isotopes de carbone et spécifiquement ce qui a trait à l'identification de l'origine du matériau, particulièrement les hydrocarbones sont abscons et le plus souvent hors de l'expérience des personnes n'ayant pas une connaissance spécifique de la physique des systèmes hydrogène-carbone [H-C].

De plus, les affirmations concernant les ratios d'isotopes de carbone impliquent le plus souvent le méthane, le seul hydrocarbone qui est stable thermodynamiquement au régime de pressions et de températures régnant dans la croûte terrestre, et le seul à se développer spontanément dans ces conditions.

Le noyau de carbone possède deux isotopes stables 12C et 13C. L'isotope de carbone stable le plus abondant est de manière prépondérante l'isotope 12C, qui possède 6 neutrons et six protons; l'isotope 13C possède un neutron supplémentaire.

Il y a un autre isotope instable 14C qui possède deux neutrons supplémentaires; 14C résulte de la réaction haute énergie du noyau d'azote, 14N, avec une particule de rayon cosmique à haute énergie. L'isotope 14C n'est pas impliqué dans les affirmations à propos des ratios d'isotopes du carbone). Le ratio d'isotope du carbone désigné comme $\partial$13C, est simplement le ratio d'abondance des isotope de carbone 13C / 12C, normalisé au standard du carbonate marin nommé Pee Dee Belemnite. Les valeurs mesurées du $\partial$13C sont exprimées en pourcentage (comparés au standard).

Pendant les années 1950, un nombre croissant de mesures des ratios d'isotope de carbone pour les gaz hydrocarbonés furent effectuées, particulièrement du méthane.

Très souvent, des assertions furent faites que de tels ratios pouvaient déterminer de manière indiscutable l'origine des hydrocarbones. La validité de telles affirmations fut testée de manière indépendante par Colombo, Gazzarini et Gonfiantini en Italie et Galimov en Russie. Les deux groupes de chercheurs établirent que les ratios d'isotope de carbone ne pouvaient pas être utilisés de manière fiable pour déterminer l'origine de la composition du carbone testé.

Colombo, Gazzarini et Gonfiantini démontrèrent de manière conclusive par une expérience simple dont les résultats étaient sans ambigüité à savoir que les ratios d'isotope de carbone du méthane changent continuellement au cours de son transport sous-terrain, devenant de plus en plus léger au fur et à mesure de la distance voyagée. Colombo et Al prirent un échantillon de gaz naturel et le passèrent dans une colonne de roche écrasée, choisie pour ressembler le plus possible l'environnement terrestre.

Leurs résultats furent définitifs: plus grande est la distance de roche par laquelle l'échantillon de méthane passe, au plus léger devient son ratio d'isotope carbone. La raison du résultat observé par Colombo et Al est très simple: il y a une légère préférence pour le plus lourd des isotopes de carbone à réagir chimiquement avec la roche dans laquelle le gaz passe. Ainsi, plus grande est la distance voyagée à travers la roche, au plus léger devient le ratio isotope du carbone, dans la mesure où le plus lourd est enlevé par préférence par une réaction chimique au cours du transport.

Ce résultat n'est absolument pas surprenant. Au contraire, ceci est très consistant avec les requis fondamentaux de la physique mécanique quantique et la théorie de la cinétique.

En relation au sujet de l'affirmation qu'un ratio d'isotope de carbone léger puisse être indicatif d'une origine biologique, les résultats démontrés par Colombo et Al ont établi que soutenir une telle affirmation est impossible. Le méthane qui a pu avoir une origine de matériau carboné venant des résidus d'une météorites contenant du carbone dans le manteau terrestre et possédant à l'origine un ratio isotope de carbone plus lourd, pourrait aisément avoir eu son ratio diminué au fil de son voyage de transit vers et dans la croûte terrestre et ce jusqu'à une valeur comparable à celle commune dans les matériaux biologiques.

Galimov démontra que le ratio d'isotope de carbone du méthane peut progressivement devenir plus lourd en étant au repos dans un réservoir de la croûte terrestre, sous l'action de microbes consommateurs de méthane.28 La cité de Moscou entrepose le méthane dans des réservoirs humides dans la grande banlieue de la ville; du gaz naturel est injecté dans les réservoirs tout au long de l'année. Pendant les étés, la quantité de méthane dans les réservoirs augmente à cause d'une moindre consommation (chauffage) et durant les hivers sa quantité diminue considérablement. En calibrant les volumes des réservoirs et la distance des facilités d'injection, la résidence du méthane dans les réservoirs est déterminée. Galimov a établi que plus le méthane reste (stagne) dans les réservoirs, plus lourd devient son ratio isotope de carbone.

La raison de ce résultat est également simple à comprendre: dans le réservoir d'eau vivent des microbes du type commun des métaboliseurs de méthane. Il y a une petite préférence pour les microbes à faire pénétrer les isotopes plus légers dans leurs cellules et à y être métabolisés. Plus le méthane reste longtemps dans le réservoir, et plus d'isotopes plus lourds sont consommés par les microbes, avec les molécules possédant un isotope plus léger étant consommées plus abondamment. Ainsi, plus le méthane reste dans le réservoir et plus lourd devient le ratio isotope de carbone car le plus léger est par préférence consommé par les microbes métaboliseurs de méthane. Ce résultat est parfaitement consistant avec la théorie de la cinétique.

De plus, les ratios isotope de carbone dans les systèmes d'hydrocarbones sont aussi fortement influencés par la température de la réaction. Pour les hydrocarbones produits par le processus de Fischer-Tropsch le $\partial 13C$ varie de -65% à 127oC à -20% à 177oC.[29,30]

Aucun paramètre matériel dont la mesure varie de près de 70% avec une variation de température d'approximativement 10% ne peut être utilisé comme déterminant fiable de quelque propriété de ce matériel.
Le $\partial 13C$ ratio isotope de carbone ne peut pas être considéré pour déterminer de manière fiable l'origine d'un échantillon de méthane, ou de quelque autre composé que ce soit.
**Conclusion**

Les affirmations qui ont été traditionnellement mises en avant pour argumenter d'une connexion entre le pétrole naturel et de la matière biologique ont été soumises à une « scrutinité » scientifique et ont été prouvées comme étant sans fondement. Les résultats émanant de ces études sont sans surprise réelle compte tenu de la reconnaissance des contraintes de la thermodynamique sur la genèse des hydrocarbones.

Si des hydrocarbones liquides peuvent être créés depuis des détritus biologiques dans le régime thermodynamique de la croûte terrestre, nous pourrions tous nous attendre à aller au lit le soir avec nos cheveux blancs (ou du moins ce qu'il en reste), notre embonpoint et toutes les décrépitudes indésirables de l'âge et de nous réveiller au petit matin les yeux clairs, avec tous nos cheveux revenus, de la couleur de notre jeunesse, une taille fine, un corps flexible et fort et avec notre vigueur sexuelle restaurée. Hélas, cela ne sera pas le cas. Les lois de la thermodynamique sont sans pitié et ne s'accommodent pas de fables folkloriques.

**Le pétrole naturel n'a aucune connexion avec la matière biologique.**
Néanmoins, la reconnaissance de ce fait laisse les énigmes qui ont éludées la communauté scientifique depuis plus d'un siècle toujours sans réponse: Comment évolue le pétrole naturel ? Et d'où provient-il ?

La résolution théorique de ces questions a du attendre le développement des techniques les plus modernes de la mécanique statistique quantique. La démonstration expérimentale de l'équipement requis n'a été possible que récemment.

L'article suivant répond substantiellement à ces questions.

## -Partie 3-
## L'évolution des systèmes à multi-composants sous hautes pressions: VI. La stabilité thermodynamique du système hydrogène-carbone, la genèse des hydrocarbones et l'origine du pétrole

Par :

-*J.F. Kenney (Ph.D)*, de l'Institut de la physique de la Terre, académie des sciences de Russie et Gas Resource Corporation, Houston, Texas

-*Vladimir Kutcherov (Ph.D)* de l'université russe du gaz et du pétrole, Moscou

-*Nikolai Bendeliani (Ph.D) et Vladimir Alekseev (Ph.D)*, de l'institut de physique des hautes pression, académie des sciences de Russie, Moscou

*Extraits de l'article publié par la revue "Proceedings of the National Academy of Science" (USA) le 20 Août 2002, traduit de l'anglais par Résistance 71*

*Les parties de calculs de physique sont sur l'article original, nous ne les avons pas reproduit dans notre traduction. Les matheux peuvent les consulter directement sur le site du professeur Kenney (lien ci-dessous).*

*Référence de l'article:*
http://pnas.org/cgi/doi/10.1073/pnas.172376899
Url de l'article original complet en anglais:
http://www.gasresources.net/alkaneGenesis.htm

*Traduit de l'anglais par Résistance 71*

**Abstract:**
La genèse spontanée des hydrocarbones comprenant le pétrole naturel a été analysé au moyen de la théorie de la stabilité thermodynamique chimique.

Les restrictions imposées sur l'évolution chimique par la seconde loi de la thermodynamique sont brièvement revues et la prohibition de la transformation de molécules biologiques en des hydrocarbones plus lourds que le méthane dans le régime de conditions de températures et de pressions régnant dans la zone de la croûte terrestre y est reconnue. Pour l'analyse théorique de ce phénomène, une équation de principe primordial générale a été développée par l'extension de la théorie de la réduction des particules ("scaled particle theory" dans le texte) et en utilisant la technique de la fonction de partition à facteur (NdT: "factored partition function" dans le texte) de la théorie simplifiée de la chaîne dure perturbée.

Les potentiels chimiques et l'affinité thermodynamique respective ont été calculés pour les composants typiques du système H-C et ce dans une fourchette de pressions variant de 1 à 100 kbar (1kbar = 100 MPa) et à des températures consistantes avec celles trouvées à la profondeur terrestre correspondant à ces pressions. Les analyses théoriques établissent que les alcanes normaux, le groupe d'hydrocarbones homologues au plus bas potentiel chimique ne se développe qu'à des pressions supérieures à 30 kbar, à l'exception exclusive du plus léger, le méthane.

La pression d'environ 30 kbar correspond à une profondeur d'environ 100 km. Pour la vérification expérimentale des prédictions déduites de l'analyse théorique, un appareil spécial à haute pression a été construit, qui permet des recherches à des pressions de l'ordre de 50 kbar et des températures de l'ordre de 1500 oC et qui de surcroit permet un refroidissement rapide tout en maintenant des hautes pressions. La genèse d'hydrocarbones pétroliers sous hautes pressions a été démontrée en n'utilisant que les agents de réaction solides que sont l'oxyde de fer, FeO, et le marbre, $CaCO_3$ pur à 99,9% et mouillé avec une eau résultant d'une triple distillation.
[...]

**Introduction:**
[...] Le problème scientifique majeur concernant le pétrole a été l'existence et la genèse des molécules d'hydrocarbones individuelles elles-mêmes: comment et sous quelles conditions thermodynamiques peuvent évoluer des molécules si hautement réduites et à un si haut potentiel chimique ?[...]

[...] Cet article est organisé en cinq parties. La première partie résume brièvement le formalisme de la théorie moderne de la stabilité thermodynamique et le cadre théorique pour l'analyse de la genèse des hydrocarbones et du système H-C, de manière similaire à tout autre système.
La seconde partie examine en appliquant les restrictions de la thermodynamique, la notion que les hydrocarbones peuvent provenir spontanément de molécules d'origine biologiques. Ici sont décrits les spectres des potentiels chimiques des molécules d'hydrocarbones, particulièrement celles se produisant naturellement dans le pétrole...

[...] La troisième partie décrit les principes premiers, le formalisme de statistique mécanique développés de l'extension de la représentation de la théorie des particules réduites (SPT) appropriée pour les mélanges de molécules asphériques combinée avec une représentation de champ-moyen du composant attractif à longue portée du potentiel inter-moléculaire.

Dans la quatrième section de cet article, l'affinité thermodynamique développée en utilisant ce formalisme établit que les molécules d'hydrocarbones péculiaires au pétrole naturel sont des polymorphes à haute pression du système H-C, de la même manière que le diamant et le lonsdaleite le sont au graphite pour le système de carbone élémentaire et qu'ils ne se développent que sous des régimes thermodynamiques de pressions supérieures à 25-50 kbar (1kbar = 100 MPa).

La cinquième section se rapporte aux résultats expérimentaux obtenus en utilisant des équipements spécifiquement créés pour tester les prédictions des sections précédentes.
De l'application de pression de 50 kbar et des températures de 1500oC sur des éléments solides (et évidemment abiotiques) de $CaCO_3$ et de $FeO$ humidifiés avec une eau résultant d'une triple distillation, le tout en absence totale de toute molécules d'hydrocarbone ou de molécules biotiques, résulte la suite de fluides pétroliers: méthane, éthane, propane, butane, pentane, hexane, des isomères de ces composants et les plus légers des séries n-alcane[...]

## [...] 2. Le spectre énergétique thermodynamique du système H-C et la prohibition effective de la genèse d'hydrocarbones à basse pression :

[...] Les propriétés du spectre d'énergie thermodynamique des systèmes H-C et H-C-O, combinées avec les contraintes de la seconde loi (Eq.2) établissent trois propriétés cruciales du pétrole naturel:

- Le système H-C qui constitue le pétrole naturel est métastable dans un état de déséquilibre. A basses pressions, toutes les molécules d'hydrocarbones plus lourdes sont thermodynamiquement instables contre leur décomposition dans du méthane et du carbone, comme l'est de manière similaire le diamant dans le graphite.
- Le méthane ne se polymérise pas en molécules d'hydrocarbones plus lourdes à basses pressions et à n'importe quelle température. Au contraire, augmenter la température (sous basses pressions), doit augmenter le ratio de décomposition des hydrocarbones plus lourds dans le méthane et le carbone.
- Tout composé d'hydrocarbone généré à basses pression et plus lourd que le méthane, serait instable et conduit dans l'état d'équilibre stable du méthane et du carbone.

Ces conclusions ont été amplement démontrées depuis un siècle de pratique d'ingénierie du raffinage. La troisième conclusion a été démontrée par de nombreuses tentatives expérimentales infructueuses de convertir des molécules biotiques en des hydrocarbones plus lourds que le méthane [...]

[…] Les propriétés déjà citées du pétrole naturel et la prohibition effective par la seconde loi de la thermodynamique de sa genèse spontanée à partir de molécules biologiques oxydées et de bas potentiel chimique étaient déjà clairement comprises dans la seconde moitié du XIXème siècle par des chimistes et thermodynamiciens tel que Berthelot et ensuite confirmé par bien d'autres incluant Sokolov, Biasson et Mendeleev[…]

[…] La résolution de ce problème dut attendre un autre siècle de développement de la théorie atomique et moléculaire moderne, de la mécanique statistique quantique (quantuum statistical mecanics) et de la théorie pluri-corpusculaire.

Ce problème a maintenant été résolu de manière théorique par la détermination des potentiels chimiques et de l'Affinité thermodynamique du système H-C en utilisant la théorie de la mécanique statistique quantique et a aussi maintenant été démontré expérimentalement avec l'utilisation d'appareils spécifiques […]

### […] 4. L'évolution des alcanes normaux, éthane, hexane et décane depuis le méthane sous hautes pressions

[…] Les résultats de l'analyse sont montrés graphiquement pour la température de 1000°K (fig.2). Ces résultats démontrent clairement que toutes les molécules d'hydrocarbones sont instables chimiquement et thermodynamiquement en relation avec le méthane à des pressions inférieures à environ 25 kbar pour le plus léger, l'éthane et 40 kbar pour le n-alcane le plus lourds montrés, le décane.

Les résultats de cette analyse graphiquement illustrés sur le Fig.2 établissent clairement ce qui suit:
- A l'exception du méthane, les molécules plus lourdes d'hydrocarbones à potentiels chimiques plus importants ne sont pas générées spontanément dans le régime de basse pression lié à la synthèse du méthane.
- Toutes les molécules d'hydrocarbones autres que le méthane sont des polymorphes à hautes pressions du système H-C et ne se développent spontanément que sous hautes pressions, plus importantes que le minima de 25 kbar et ce même sous les circonstances les plus favorables.
- Au contraire des expériences des opérations de rafinerie conduites à basse pression, les alcanes les plus lourds ne sont pas instables et ne se décomposent pas nécessairement à des températures élevées. Bien au contraire, à hautes pressions, le méthane se transforme en alcanes plus lourds et les processus de transformation sont améliorés par des températures plus élevées.
- 

[…] **6 Discussion et conclusions**

[…] Quoi qu'il en soit, toutes les analyses de la stabilité chimique du sytème H-C ont montré des résultats qui sont qualitativement identiques et quantitativement très similaires: tout montre que les hydrocarbones plus lourds que le méthane ne peuvent pas évoluer spontanément à des pressions de moins de 20-30 kbar.

Le sytème H-C ne produit pas spontanément des hydrocarbones lourds à des pressions de moins de 30 kbar et ce même dans un environnement des plus favorables thermodynamiquement. Le système H-C produit des hydrocarbones sous des pressions identiques à celles que l'on trouve dans le manteau de la Terre et à des températures consistantes de cet environnement.

## Tout ce que vous avez voulu savoir sur le pétrole abiotique

Nous avons traduit et publions ici une lettre que le professeur Kenney et ses co-chercheurs ont écrit à la revue « Nature » (magazine scientifique britannique considéré comme la « bible » des magazine scientifique anglo-saxons) en réponse à un article biaisé publié par le magazine représentant de manière erronée la recherche sur la théorie russo-ukrainienne de l'origine abiotique profonde du pétrole. L'article original du Professeur Kenney et de ses collègues a été publié dans la revue de l'académie des sciences des Etats-Unis en 2002.

Nous pouvons constater le degré de manipulation dont les publications scientifiques sont capables si elles ont pour mission de couvrir et de propager une pensée unique dogmatique.

*Url de l'article original:*
*http://www.gasresources.net/Nature(Editor01).htm*
Mr. Philip Campbell, Editor

*-Partie 4-*
*Nature*

4 Crinan Street
London N1 9XW, U.K.
Jeudi, 12 Septembre 2002.

**J. F. Kenney, V. G. Kutcherov, N. A. Bendeliani, V. A. Alekseev, (2002), "The Evolution of Multicomponent Systems at High Pressures: VI. The Thermodynamic Stability of the Hydrogen-Carbon System: The Genesis of Hydrocarbons and the Origin of Petroleum,"** *Proceedings of the National Academy of Sciences*, **99**, 10976-10981.
Ref : **T. Clarke, "Fossil fuel without fossils,"** *Nature*, **12 August 2002.**

Cher Monsieur:
L'article publié par la revue "Nature" dont nous donnons la référence ci-dessus est volontairement malhonnête et erroné de manière patente. Clarke et la revue "Nature" déforment de manière substantielle notre article publié dans la revue "Proceedings de l'Académie Nationale des Sciences".1 Veuillez s'il vous plaît noter les corrections partielles qui s'ensuivent.

1.) **Votre commentaire stipulant que "Kenney et son équipe n'étaient pas disponibles pour commenter" est un mensonge éhonté.**
Tous les auteurs de notre article se sont mis à la disposition de votre journaliste Clarke. Nous avons envoyé cinq (5) messages de communication à Clarke par courriers électroniques, qui incluaient des documents joints d'autres publications et bien plus d'autres informations additionnelles.

Clarke n'a jamais répondu, ni même n'a eu la plus courtoise des intentions de confirmer qu'il avait bien reçu les messages.

Il y a trois jours (le 9 Septembre 2002), Clarke nous a finalement envoyé une réponse à nos messages, s'excusant de ne pas avoir pu répondre à notre correspondance précédente, nous donnant l'excuse scabreuse qu'il "a été pressé de partir en vacances".

**2.) Clarke et le revue "Nature" ont volontairement déformé les résultats rapportés dans note article concernant les expériences sous haute pression démontrant la genèse d'hydrocarbones pétroliers.**
Clarke a représenté nos résultats de manière erronée en disant que nous n'avions démontré que seulement la genèse de méthane et d'octane. Alors que nos résultats ont rapporté la genèse spontanée de méthane, d'éthane, de propane, de butane, de pentane, d'hexane, d'heptane, de nonane et de décane, à la fois dans leurs isomères normaux et dans leurs isomères ramifiés ainsi que les alkenes dans la distribution caractéristique du pétrole naturel.

**3.) Clarke a volontairement omis les sections de notre article (sections 1 et 2), qui révisent les contraintes imposées par la seconde loi de la thermodynamique sur la genèse des hydrocarbones.**

La seconde loi de la thermodynamique prohibe la genèse spontanée d'hydrocarbones plus lourds que le méthane dans des régimes de pressions et de températures trouvés dans la croûte terrestre proche de la surface. Ce fait est connu par les physiciens, chimistes, ingénieurs chimistes, ingénieurs mécaniques et thermodynamiciens compétents depuis le dernier quart du XIXème siècle.

Au contraire de ce qu'a écrit de manière erronée Clarke, il n'y a pas de "débat" sur cette conséquence des lois de la thermodynamique, non plus que sur aucun autre aspect de ces lois. Que le pétrole n'est pas un "carburant fossile" est reconnu par les scientifiques compétents depuis le temps de Clausius, Boltzmann, Gibbs et Mendeleev.

Le problème scientifique connecté avec la genèse des hydrocarbones a été que jusqu'ici, les véritables scientifiques n'ont pas été capables d'expliquer comment et sous quelles conditions, de telles molécules peuvent spontanément se développer. Notre article a résolu cette question: les hydrocarbones pétroliers plus lourds que le méthane sont les membres haute-pression du système hydrogène-carbone; leur genèse spontanée requiert des pressions comparables à celles nécessaires pour la genèse spontanée du diamant.

**4.) La supposition ipse dixit de Clarke et non étayée que la genèse spontanée des hydrocarbones peut-être "recréée en laboratoire" est une erreur gratuite.**

De telles expériences ont été tentées par diverses personnes (qui étaient ignorantes des contraintes des lois de la thermodynamique) à plusieurs reprises ce dernier siècle. Toutes ces tentatives ont échoué sans aucune exception légitime. Les hydrocarbones peuvent être (et sont) synthétisés sous basse pressions par le processus connu de Fischer-Tropsch ou par les réactions de Kolb. Ce sont des processus induits et non spontanés.

De la même manière la chaleur peut-être transférée d'un corps froid a un corps plus chaud, aussi loin qu'on induit le processus avec un moteur de réfrigération; mais quoi qu'il en soit, ces processus ne se passent pas spontanément dans la nature.

**5.) Le pétrole formé dans le manteau terrestre ne "sera pas forcé vers la surface par l'eau", ainsi que Clarke a écrit "comme le concèdent certains géo-chimistes".**
L'eau est un composant (très) limité et minoritaire du manteau terrestre. Le processus de transport éruptif qui ramène les fluides pétroliers dans la croûte terrestre, est un processus induit par les gaz, processus puissant qui implique l'azote et le méthane.

**6.) Il n'y a pas de "montagne de preuve chimique" qui "démontre" une origine biologique du pétrole. De manière correcte, il n'y a absolument aucune preuve de cela en aucune façon.**

La structure moléculaire des molécules d'hydrocarbones et de matière biotique est déterminée par les propriétés mécaniques quantiques de la liaison de covalence carbonée. Ceci est tout à fait indépendant du fait que la molécule soit d'origine biotique ou abiotique. Une révision de ceci et la répudiation de tels arguments erronés du style "ressemble à / donc provient de" impliquant les soi-disant "marqueurs biologiques" a été donnée de manière modeste dans le numéro de la revue Energia, 22, de Septembre 2001, 26-34. Une copie de cet article fut envoyée à Clarke.

**7.) L'affirmation gratuite par un "McCaffrey", que "les signatures biologiques ont été un bon outil de prédiction » pour l'exploration pétrolière est un non sens total et s'oppose volontairement à un siècle d'expériences amères par les explorateurs pétroliers.**
Les statistiques du succès d'exploration des compagnies pétrolières occidentales, forant en suivant la notion de la traditionnelle origine du pétrole biotique anglo-américaine (BOOP) et en l'absence d'information sismique (ce qui permet une identification visuelle du pétrole dans le sol), ne sont pas meilleures que un (1) puits commercialement exploitable pour à peu près 28 forages secs, ce qui donne un ratio de succès proche de celui que l'on aurait en forant au petit bonheur la chance. Ce fait a été expliqué à Clarke.

**8.) Clarke a choisi de citer un certain "Michaelis, géo-chimiste de l'université de Hambourg" pour dire explicitement que "personne dans la communauté de la recherche pétrolière prend cette supposition au sérieux."**

Les quatre auteurs de l'article cités sont de l'Académie des Sciences de Russie, la nation produisant et exportant le plus de pétrole au monde. Les auteurs sont tous des personnes expérimentées dans le domaine pétrolier et tous actifs dans l'exploration et la production pétrolières. Clarke et la revue "Nature" auraient fait preuve d'un minimum de responsabilité s'ils avaient demandé à "Michaelis", combien de pétrole et de gaz a t'il découvert récemment ? La même chose vaut pour "McCaffrey" et les autres non-entités citées. Cet article a été écrit pour placer la théorie russo-ukrainienne de l'origine profonde abiotique du pétrole dans le courant de pensée communes de la physique et de le chimie modernes; il a été publié dans la revue américaine des "Proceedings of the National Academy of Sciences" afin d'informer les personnes du monde anglo-saxon de ce corps de connaissance.

La science moderne russe du pétrole a transformé le Russie de 1946, pays pauvre en ressources pétrolières, en présentement la nation produisant et exportant le plus de pétrole au monde.

*Clarke et la revue "Nature" n'ont fait aucun effort pour écrire un rapport factuel et compétent de notre article.*

Durant ces cinquante dernières années, depuis que Nikilai Kudryavtsev énonça la première fois la science moderne du pétrole en 1951, des milliers d'articles ont été publiés dans des journaux scientifiques, ainsi que bon nombre de livres et de monographes sur le sujet. Un nombre substantiel de ces articles ont été soumis à approbation pour publication dans la revue "Nature".

Sans exception aucune, les auteurs russes ont été traités avec dédain et de manière insultante par les éditeurs de la revue "Nature", se cachant de manière lâche derrière le voile de l'anonymat. L'attitude actuelle de Clarke et de "Nature" continue cette même ligne de conduite.
Salutations,
J. F. Kenney
V. G. Kutcherov
N. A. Bendeliani
V. A. Alekseev

1    J. F. Kenney, V. G. Kutcherov, N. A. Bendeliani and V. A. Alekseev, « The evolution of multicomponent systems at high pressures: VI. The genesis of hydrocarbons and the origins of petroleum, » *Proc. Natl. Acad. Sci. U.S.A.*, 2002, **99**, 10976-10981.


### -Partie 5-
### Au sujet du renouvellement spontané des nappes-champs de pétrole et de gaz

*Par*
V. I. Sozansky, Dept. Marine Geology, National Academy of Sciences, Ukraine
J. F. Kenney, Gas Resources Corporation, U.S.A.
P. M. Chepil, Institute Naukanaftogas, Ukraine
*Url de l'article original:*
*http://www.gasresources.net/OnSpontaneiousRenewalVasyl.htm*
*~Traduit de l'anglais par Résistance 71 ~*

*Les champs pétroliers et de gaz naturel sont des systèmes dynamiques qui sont en déplétion et renouvellement constant par des injections de nouveaux volumes d'hydrocarbones. Beaucoup de champs pétroliers et gaziers se rechargent et sont intarissables, mais à des ratios de rechargement typiquement plus faibles que les ratios d'exploitation de pétrole et de gaz.*

La notion erronée que la quantité de pétrole et de gaz naturel de la Terre se tarit et va bientôt être épuisée a été récemment émise.

Ces assertions ont souvent été promues en connexion avec les affirmations toutes aussi erronées d'un phénomène factuellement non-existant appelé "pic pétrolier".

Si nous en croyons les promoteurs de ces affirmations sans fondement, la réserve mondiale de pétrole sera épuisé dans vingt ans et celle du gaz naturel dans cinquante ans; le tarissement pétrolier provoquera un effondrement des sources énergétiques de l'humanité et sera accompagné de l'effondrement de la civilisation.

Ces idées pessimistes au sujet du futur de l'industrie du pétrole sont basées sur la notion scientifique indéfendable et discréditée que le pétrole tire son origine d'une sorte de transformation miraculeuse (et toujours non spécifiée) de détritus organiques dans un régime thermodynamique de pressions et de températures que l'on trouve dans la croûte terrestre, près de la surface, donc sur une Origine Biologique du Pétrole (ci-après nommée OBP).

La notion d'OBP a été rejetée dès le XIXème siècle par des scientifiques compétents, parce que cette notion est en contradiction fondamentale avec les lois naturelles. Les molécules d'hydrocarbones, dont font partie celles du pétrole, sont extrêmement réduites et ont de hauts potentiels chimiques. Les molécules biologiques sont oxydées et ont un faible potentiel chimique.

Le pétrole brut n'est pas obtenu par la décomposition de poissons morts, de dinosaures, de plancton, de choux pourris ou de quelque matière organique que ce soit.

Parce que la notion même d'OBP demande une quantité très restrictive de pétrole sur terre, il y a toujours eu des alertes constantes sur la prédiction du tarissement prochain des réserves, ce qui ne s'est toujours pas produit (bien évidemment). Le géologue américain Price a observé (1947) qu'approximativement cinq ans après que Drake eut foré le premier puits de pétrole en Amérique du Nord, quelqu'un annonça la prédiction d'un épuisement imminent des ressources pétrolières. Les personnes faisant ce types de prédictions ont souvent été tenues comme des "experts" possédant une information spéciale sur les ressources pétrolières et leur géologie. Tous étaient des croyants en l'OBP.

En 1886, le géologue américain C. A. Ashenbenner (Price, 1977), préconisa une forte politique conservatrice concernant les réserves pétrolières des Etats-Unis, car (prédît-il alors), les champs d'exploitation pétroliers américains seraient bientôt épuisés et étaient déjà proches du tarissement. En 1906, le géologue pétrolier D.T. Day fît un rapport à la maison blanche disant que les réserves pétrolières états-uniennes seraient totalement épuisées entre 1935 et 1943. En 1920, le géologue en chef du comité américain de géologie D. White (Pratt, 1942) avait prédit que la production de pétrole aux Etats-Unis atteindrait son "pic" dans les 3 à 5 années, commencerait à décliner après cette date et serait épuisée 18 ans après le déclin.

Les prédictions de White furent soutenues par l'Association des Géologues du Pétrole des Etats-Unis.

Ainsi a continué la litanie mal informée que "la race humaine serait bientôt à cours de pétrole". De telles prédictions sur un tarissement imminent des ressources pétrolières et gazières et d'une crise énergétique inévitable furent largement proclamées lors de l'embargo arabe des années 1970.

Le géologue américain H. Hedberg (1971) appela le XXème siècle l'âge du pétrole. Il écrivit qu'il y a eu un âge de pierre, un âge du bronze, un âge du fer et que les historiens du futur pourront regarder un cours développement humain de 200 à 300 ans au maximum, comme étant l'âge du pétrole; une période où la race humaine était obnubilée par la découverte et la destruction d'un des constituants mineurs de la croûte terrestre, un fluide unique appelé le pétrole. Il dit que les ressources de pétrole sur terre étaient limitées et seraient bientôt épuisées. Il supposa que l'âge du pétrole serait un épisode très bref de l'Histoire humaine.

Il dit aussi que si Alexandre le Grand et Jules César avaient utilisé le pétrole pour leurs armées comme nous le faisons aujourd'hui ou si la Santa Maria de Christophe Colomb avait été propulsée à l'aide d'essence, le pétrole serait probablement déjà épuisé aujourd'hui et qu'il n'y aurait plus d'essence pour nos voitures modernes.

La science pétrolière moderne reconnait que les composés hydrocarbonés du pétrole naturel ne sont spontanément générés qu'à de très hautes pressions qu'on ne trouve que dans la couche supérieure du manteau terrestre ou les couches très profonde de la croûte terrestre. Le pétrole naturel est un fluide abiotique primordial qui a pénétré les couches supérieures de la croûte terrestre venant de grandes profondeurs et suivant le réseau des failles profondes. La science moderne du pétrole nous donne donc une perspective toute différente du futur de l'industrie du pétrole et du gaz.

Les réserves mondiales de pétrole et de gaz ont été analysées par Lasaga et Holland en 1971 à la fois dans la perspective d'une origine biologique et d'une origine abiotique du pétrole. De par leur estimation, la quantité de pétrole brut qui aurait pu être produite par toute la matière biologique présente sur terre, représenterait un film uniforme de 2,5mm s'étendant sur toute la surface de la terre. La quantité estimée qui peut être produite par une origine abiotique du pétrole serait représentée par une couche uniforme de 10 km d'épaisseur à la surface de la terre ! Cette différence fait estimer que la quantité de pétrole brut abiotique serait 8,5 millions de fois plus importante que celle qui serait générée par une OBP. De fait, la science moderne du pétrole prédit qu'il y a assez de pétrole brut sur Terre en considérant les estimations déjà lointaines de Lasaga & Holland, pour subvenir aux besoins de l'humanité pendant des milliers d'années

L'étude des champs pétroliers et gaziers montrent que la plupart de leurs réservoirs sont des systèmes qui se rechargent. Dans beaucoup de régions, des données ont été obtenues et étudiés qui établissent que du pétrole et du gaz sont constamment réinjectés dans les champs de production.

Le problème scientifique des renflouements des réserves de pétrole et de gaz naturel fut adressé en premier lieu par le scientifique du pétrole V. A. Sokolov, qui étudia de manière extensive le problème de la diffusion et de la microfiltration des hydrocarbones à travers la roche. Sokolov en vint à conclure que tout champ pétrolier ou gazier, quelque soit sa taille, sera détruit par diffusion et effusion dans un intervalle de 200 millions d'années sans un afflux d'hydrocarbones provenant de sources plus profondes.

Le sujet d'injection d'hydrocarbones dans les champs gaziers fut d'abord émit par le géologue L.I. Baksakov et rapporté au 3ème congrès mondial pétrolier de Bucarest en 1907. Baksarov dit qu'une production plus importante de pétrole datant du Miocène moyen a été faite des roches du champ d'exploitation de Starogroznenskoye que le volume et la porosité de ces roches pouvait contenir. Il en conclut que du pétrole de plus grande profondeur remplissait le réservoir du mi-Miocène.

Des injections de pétrole furent aussi prouvées dans d'autres champs de la firme Grosnett Petroleum. Des réserves de certains sites d'exploitation virent une augmentation des estimations de production de 300 à 400% plus importantes que celles initialement envisagées. Récemment, des puits pétroliers peu profonds de Tchétchénie qui avaient été fermés à cause d'opérations militaires dans la région et qui avaient été exploités jusqu'à quasi tarissement, ont été restaurés à la production qu'ils avaient auparavant.

Les géologues américains savent depuis longtemps que les estimations du volume de pétrole et de gaz exploitable sont en général revues à la hausse. Ce phénomène est appelé la croissance des réserves. Une analyse des données de l'exploration et de l'exploitation montrent que les volumes mondiaux de pétrole et de gaz naturel additionné de réserves et de croissance de réserves sont bien plus importants que les volumes de nouvelles découvertes de champs d'exploitation.

Aux Etats-Unis, l'augmentation de la production inattendue du bloc 330 d'Eugene Island a attiré une attention particulière. Ce champ a été découvert en 1971 par le puits Pennzoil 1. La production de ce puits provient de 25 réservoirs de grés datant du Ploicène-Pléistocène à une profondeur de 1290 à 3800m. Au début des années 1980, la production a chuté vers 4 000 barils jour. Puis soudainement, la production a augmenté à 13 000 barils jour et les réserves estimées furent augmentées de 60 à 400 millions de barils.

Le remplissage des réservoirs dynamiques dans le Golfe du Mexique a été étudié par plusieurs institutions dirigées par R. Anderson de l'Observatoire Géologique Lamont Doherty. Les enquêtes ont établi que le ratio d'augmentation du volume de pétrole des réservoirs d'Eugene Island Block 330 est approximativement égal au ratio d'extraction. Les hydrocarbones migrent dans le champ pétrolier d'Eugene Block Island 330 depuis des zones géo-pressurisées le long d'un système de grande faille de croissance dans la région d'Eugene Island.

Des études récentes sur des champs pétroliers et gaziers en Ukraine ont établi que ces réservoirs sont aussi renfloués par des injections d'hydrocarbones venant de plus grande profondeur. Des mesures montrent que $2\times10^9 m^3$ de méthane entrent dans le champ gazier géant de Shebelinka dans la dépression du Dniepr-Donetsk chaque année. En 2007, la commission d'état ukrainienne responsable des ces mesures de ressources pétrolières a augmenté ses réserves officielles du champ de Shebelinka de $10^9 m3$ attribués à une injection de gaz venue de grande profondeur. Les réserves du champ de Shebelinka furent initialement estimées à $4.3\times10^{11} m^3$ de méthane. Ce champ a déjà produit $6.0\times10^{11} m^3$ de gaz.

En Ukraine, les champs de gaz de Proletarske, de Bilousivka et de Chomukhi dont la production totale de gaz fut de $20.6\times10^{12} m^3$ ont été abandonnés il y a quinze ans car ils étaient épuisés, ainsi que certains autres champs d'exploitation similairement épuisés. Ils furent testés récemment; ces champs reproduisent à l'heure actuelle la même quantité de gaz, à la même pression et au même ratio de production que lors de l'exploitation initiale.

La distribution de la pression dans le pétrole et le gaz lors de leur formation à différentes profondeurs peut établir l'origine abiotique profonde du pétrole. Un tel exemple a été mesuré dans le champ de gaz condensé de Rudovsko-Chervonozavdske dans le bassin Dniepr-Donetsk. La profondeur du réservoir dans ce champ est de moins de 2km. Dans le réservoir de Toumaisian, le gradient de pression est 1,45 soit 45% plus haut que la pression hydrostatique. Dans la section la plus haute du champ dans la formation du bas Visean, le gradient de pression est de seulement 1,05-1,15. Dans le toujours plus haut Visean supérieur, le gradient de pression a chuté à 0,95-0,07. Ainsi la distribution de la pression dans le champ indique que le gaz entre dans les réservoirs depuis les profondeurs d'où il remplit les horizons profonds en première instance.

Des injections profondes substantielles de pétrole ont été observées dans les champs ukrainiens de Hnidyntsi et Lelyaki dans la dépression Diepr-Donetsk. De ces champs pétroliers ont été produits trois fois plus de pétrole que les réserves estimées. Les champs sont toujours en exploitation continue. Au vu de ces faits, les pratiques suivantes devraient être appliquées dans les champs pétroliers et gaziers:
- Les champs pétroliers et gaziers se forment très vite pendant les douze premières années
- Tous les "vieux" champs considérés comme étant épuisés doivent être réévalués pour déterminer la quantité de pétrole ou de gaz qui s'y est accumulée depuis la fermeture des puits à l'exploitation
- L'équilire optimal entre production et renflouement devrait être déterminé afin de prolonger la période de récupération entre les remplissages

- Le corps de connaissance scientifique concernant les cycles de régénération des dépôts de pétrole et de gaz se doit d'être augmenté et étendu.

**Merci à Resistance 71 d'avoir rendu ces documents compréhensibles et accessibles à l'humanité.**

Evidement, le narratif va systématiquement contre cette théorie, parce qu'elle est Russe, que si ça se sait il y aura beaucoup moins de fric à faire, et qu'ils ne lâcheront jamais les chaines de l'esclavage et de la servitude (qu'elle soit volontaire ou pas)… Partons simplement du principe qu'on nous ment sur tout, et que la doxa n'est là que pour nous tromper afin que l'on reste bien abrutis, et surtout bien serviles…

Pourquoi nous libèreraient-ils ? Il y a tellement de pognon et d'énergies négatives à pomper…et ils en ont besoin pour exister.

## La fraude à la santé

Le grand schelem ! On ne compte plus les lobbys de la santé : de la production de nourriture en passant par l'agriculture et ses empoisonneurs, l'eau et ses producteurs de déchets plastiques, l'air vicié par les Chemtrails plus que par « notre » pollution, les médicaments et vaccins qui sont de redoutables poisons et accélèrent notre mort ! Sans compter les lois scélérates pour vous forcer à faire l'infaisable : vous faire injecter le cocktail de la mort sans qu'ils en soient inquiétés ! Trop fort…et terriblement cruel. Et en plus, ils font « un pognon de dingue ! »

Tout ce petit monde de psychopathes fait du fric en nous forçant à nous empoisonner, pendant qu'ils font du trafic d'Êtres Vivants, snifant de la coke à longueur de temps, sodomisant des gamins entre deux partouzes, fomentant des guerres contre les peuples (lisez les écrits de Gérard Fauré : « Le Prince De La Coke » et « Dealer Du Tout-Paris »), le tout en nous enfonçant dans une pseudo dette parfaitement illusoire (comme le reste), pataugeant et vociférant dans le sang de leurs victimes…

Et ce qu'ils aimeraient c'est qu'on les accepte tels qu'ils sont : menteurs, pédophiles, violeurs voleurs, assassins, le tout en bande organisée de façon mondiale ! Satan jubile ! Il se réjouit de sentir toute cette haine, cette colère, cette violence qui grandit en engendrant La Peur et la division entre les peuples, et à l'intérieur des peuples !

Claire Séverac, de son vivant, a écrit deux bouquins à ce sujet : « La Guerre Secrète Contre Les Peuples » et « Complot Mondial Contre La Santé ». Je ne peux que vous dirigez vers ses écrits, le travail a été fait, et elle en payé le prix fort…

En paix soit son Âme.

Elle y décrit ses enquêtes, elle y met ses sources, et quand on lit ses livres, on comprend pourquoi « Les Autres » l'ont assassiné. Ils étaient à leur tour victime de leur propre égrégore : La Peur.

Pour protéger les chercheurs de vérités, les lanceur d'alertes et autres aventuriers du mensonge global, il faut parler de Claire Séverac (aussi), que ses écrits ne tombent pas dans l'oubli, ainsi ils ne se risqueront pas (de trop) à réduire au silence ceux qui détiennent le plus d'informations dégueulasses sur « Les Autres », ils pourraient en mettre au panthéon des Héros (ou cimetière), par « maladresse »… Un « gouverne&ment » qui assassine un peu trop les éveilleurs de consciences, ça fait pas propre aux yeux de la basse populace : elle pourrait se réveiller.

Et il y en a d'autres… Qu'ils se fassent connaitre ou qu'ils restent anonymes ce n'est pas important : qu'ils écrivent leurs vérités, qu'ils les chantent, qu'ils les jouent, qu'ils les dansent !

Que le monde soit inondé par les vérités de tous, supplantant le narratif officiel de BFMerde & Cie, fermant DE FACTO les gueules immonde des satanistes, les dépossédant ainsi de tout pouvoir, de toutes matières et de toute légitimité ! Qu'ils soient renvoyés vers leurs Maitres et châtiés pour l'éternité !
Il en est déjà ainsi en réalité.

« *Croire enferme, le Savoir libère.* »  _ l'Auteur

Des fraudes, il y en a tant à citer et autant de recherches à faire : les impôts, l'argent dette, les transvetigations, Chibritte (Jean Michel Trogneux), les réseaux pédocriminels, le génocide du vivant, le système légal… etc.

**Un petit mot pour la télé** : c'est par cette fenêtre vers l'enfer qu'ils vous programment. Tout est programmation ! La moindre émission, la moindre pub, la moindre inter-pub ! C'est la fraude du MK Ultra, la programmation mentale que les nazis avaient mis au point pendant la seconde guerre mondiale... Stanley Kubrick l'avait exposé dans son film « Orange Mécanique ».

Si vous n'avez pas compris qu'ils n'ont pas perdu cette guerre, et qu'aujourd'hui ils sont tous à des postes clefs prêts à fermer la taule, vous êtes un PO. Et personne ne peut rien pour vous. Désolé.
Et merci d'avoir tenu jusque-là.

Dans le cas contraire, vous vous demandez pourquoi « Les Autres » veulent nous faire autant de mal ; ou vous le savez déjà... ?

# PARTIE 2 : LA CREATION

**La création du Monde dans la Genèse**

[ Au début Dieu créa le ciel et la terre. Or la terre était informe et vide, et les ténèbres [étaient] sur la face de l'abîme, et l'esprit de Dieu voletait au-dessus des eaux.
Et Dieu dit : « *Que la lumière soit* ». Et la lumière fut. Et Dieu vit que la lumière était bonne et il sépara la lumière et les ténèbres. Et il appela la lumière : « *Jour* » et les ténèbres : « *Nuit* ».
Et il y eut un soir et un matin : **jour un**.

Dieu dit aussi : « *Qu'il y ait un firmament au milieu des eaux et qu'il sépare les eaux d'avec les eaux.* »
Et Dieu fit le firmament et il sépara les eaux qui sont au-dessous du firmament d'avec les eaux qui étaient au-dessus du firmament et il en fut ainsi. Et Dieu appela le firmament : « *Ciel* » et il y eut un soir et un matin : **deuxième jour**.

Et Dieu dit : « *Que les eaux qui [sont] au-dessous du ciel se rassemblent en un seul lieu et que paraisse le sec* ».
Et il en fut ainsi. Et Dieu appela le sec : « *Terre* », et il appela le rassemblement des eaux : « *Mers* ». Et Dieu vit que c'était bon. Et Dieu dit : « *Que la terre fasse pousser l'herbe verte portant semence et l'arbre à fruit faisant du fruit selon son espèce ayant en soi sa semence, sur la terre* ». Et il en fut ainsi. Et la terre fit sortir de l'herbe verte portant semence selon son espèce et l'arbre faisant du fruit, chacun portant semence selon son espèce. Et Dieu vit que c'était bon.
Et il y eut un soir et un matin : **troisième jour**.

Et Dieu dit : « *Qu'il y ait des luminaires dans le firmament du ciel pour séparer le jour et la nuit et qu'ils soient des signes, [qu'ils marquent] les époques, les jours et les années et qu'ils brillent dans le firmament des cieux pour illuminer la terre !* ».

Et il en fut ainsi. Et Dieu fit les deux grands luminaires : le plus grand luminaire pour présider au jour, le plus petit luminaire pour présider à la nuit — et les étoiles. Il les plaça au firmament du ciel pour illuminer la terre et pour présider au jour et à la nuit et pour séparer la lumière et les ténèbres. Et Dieu vit que c'était bon.
Et il y eut un soir et un matin : **quatrième jour**.

Dieu dit aussi : « *Que les eaux produisent le reptile ayant âme vivante et le volatile sur la terre, sous le firmament du ciel !* ».
Et Dieu créa les grands animaux aquatiques et toute âme vivante qui se meut dont pullulèrent les eaux, selon leur espèce, et tout volatile selon son espèce. Et Dieu vit que c'était bon.
Et Dieu les bénit en disant : « *Croissez et multipliez et remplissez les eaux de la mer et que les oiseaux multiplient sur la terre !* ».
Et il y eut un soir et un matin : **cinquième jour**.

Et Dieu dit : « *Que la terre fasse sortir l'âme vivante selon son espèce, les bêtes de somme, les reptiles et les animaux de la terre selon leurs espèces !* ».
Et il en fut ainsi. Et Dieu fit les animaux de la terre selon leurs espèces : les bêtes de somme et tout reptile de la terre selon son espèce. Et Dieu vit que c'était bon.
Et il dit : « *Faisons l'homme à notre image et ressemblance et qu'il domine sur les poissons de la mer et les oiseaux du ciel et les animaux de toute la terre et tout reptile qui se meut sur la terre.* » Et Dieu créa l'homme à son image — à l'image de Dieu il le créa — mâle et femelle il les créa.
Et Dieu les bénit et leur dit : « *Croissez, multipliez, remplissez la terre et soumettez-la et dominez sur les poissons de la mer, les oiseaux du ciel et tous les [êtres] animés qui se meuvent sur la terre !* »

Et Dieu dit : « *Voici que je vous donne toute herbe portant semence sur la terre et tous les arbres qui ont en eux-mêmes la semence de leur espèce : qu'ils soient votre nourriture. Et à tous les [êtres] animés de la terre et à tout oiseau du ciel et à tout ce qui se meut sur la terre ayant en soi une âme vivante [je donne] toute herbe verte pour nourriture.* » Et il en fut ainsi. Et Dieu vit tout ce qu'il avait fait, et c'était très bon.
Et il y eut un soir et un matin : **sixième jour**.

Et Dieu bénit le **septième jour**, il le sanctifia car en lui il se reposa de tout son travail que Dieu créa pour faire. ]

_ *La Genèse, traduite de l'hébreu.*

Ce récit nous apprend que la Terre est une Création, et qu'il y a par conséquent un Créateur. Même si il a été écrit par un scribe bien avant JC, ce texte vient directement contredire la Bible qui prône la création d'Adam et d'Eve au jardin d'Eden avant tout le reste.

D'autre part ce récit vient détruire la conspiration des « globistes », grands adeptes du BigBang et de la théorie de l'évolution offerte par les entités involutives asservissantes et la Franc-Maçonnerie.

Ne l'oublions pas : tout est mensonge, et je n'écarte pas la possibilité que ce texte en soit un aussi. Surtout qu'au septième jour « il se reposa de tout son travail que Dieu créa pour faire. » _ Faire quoi ?

Il vous appartient de vous faire votre propre idée sur la Création et sur ce que nous sommes en réalité. L'idée d'un Créateur et de sa Création « à son image », nous rappelle aussi notre divinité intérieure et notre pouvoir créateur.

A l'image du Créateur, sa Création est tout : de la mouche qui vole, au vent qu'on sent dans nos cheveux ; de la nourriture qu'on ingurgite, à « l'offrande » matinale qu'on expulse aux toilettes ; du ciel bleu de la chaude journée d'été ; à la brume matinale au dessus des lacs.
Tout est Création : la moindre créature, le moindre animal, le moindre caillou, le firmament, notre planète ont leur raison d'être. Les énergies subtiles, les égrégores, les vibrations, le moindre son est une création issue de la Création, elle-même issue du Créateur.

Et, à l'image du Créateur, étant doués de conscience, d'amour et d'empathie, Nous sommes les Gardiens et les Soigneurs de ce lieu, de cette Création….dès qu'on se sera débarrassé des « Autres ».

## La Matrice

C'est ce qu'est La Matrice : le monde dans lequel nous vivons, ou plutôt le mensonge qu'on expérimente à l'aide de nos 5 sens…

Si à l'origine ce Monde est un Paradis, « Les Autres » en ont fait une prison pour notre Esprit, drainant nos énergies pour nourrir leurs sombres desseins, en nous séparant de la Source Originelle et du Créateur. Et notre seule porte de sortie de cette Matrice semble être La Mort (l'Âme Hors). Mais à quoi bon mourir si c'est pour revenir et recommencer ?

Pour rappel : lors de notre arrivée sur Terre [incarnation], on nous a confié un corps et on nous a effacé la mémoire ! S'en est suivi une vie de destruction : notre corps physique attaqué en permanence de toutes parts par les poisons de toutes sortes, notre esprit amoindri par la programmation que « Les Autres » nous imposent, notre participation tacite et non consentie (puisque non consciente) à l'annihilation du Vivant dans son entièreté… Vous recommenceriez, vous ? Moi pas, et c'est la raison d'être de ce que vous lisez à cet instant : lever le voile de l'illusion.

*« Tu es là parce que tu as un savoir. Un savoir que tu ne t'expliques pas mais qui t'habite. Un savoir que tu as ressenti toute ta vie. Tu sais que le monde ne tourne pas rond sans comprendre pourquoi mais tu le sais. Comme un implant dans ton esprit. De quoi te rendre malade. […] »*
*« La Matrice est universelle, elle est omniprésente. Elle est avec nous ici, en ce moment même. Tu la vois chaque fois que tu regardes par la fenêtre ou lorsque tu allumes la télévision. Tu ressens sa présence quand tu pars au travail, quand tu vas à l'église, ou quand tu paies tes factures. Elle est le Monde qu'on superpose à ton regard pour t'empêcher de voir la vérité. »*
*« Comme tous les autres, tu es né enchaîné. Le monde est une prison où il n'y a ni espoir ni saveur ni odeur. Une prison pour ton esprit. Et il faut que tu saches que malheureusement, si tu veux découvrir ce qu'est la Matrice, tu devras l'explorer toi-même... »*
*« N'oublie pas, je ne t'offre que la vérité, rien de plus. »*
*« [La matrice] est le contrôle absolu, la matrice est la simulation d'un monde imaginaire crée avec pour seul but de nous maintenir sous contrôle jusqu'à ce que nous soyons tous transformé en ceci [pile]. »*
            _ Extrait du film « Matrix » (1999)

Le problème est qu'on est emprisonné et à la merci de races « extraterrestres » (sous entendu qui ne sont pas de notre monde) ou des IA selon certains, leur servant de nourriture énergétique (ou de pile à combustible) qu'ils récoltent grâce au Mal qu'ils perpétuent sans cesse depuis des millénaires, nourrissant les égrégores nécessaires à leur survie et à leur évolution.

Mais cela ne ferait-il pas parti d'un grand jeu d'évolution ? Un « jeu » qui continuerait encore et encore jusqu'à l'accomplissement de l'Âme pour la faire passer au niveau suivant ? Posez-vous la question et n'attendez pas de réponse de Dieu, du Créateur ou de qui que ce soit, pas même ce livre : la réponse est en vous, en chacune de vos cellules, en chacun de vos soupirs. Puisque nous faisons tous parti de la Création, le Créateur demeure en chacun de nous.

Sinon, qu'est ce que la Vie ? La résultante immédiate de la Création et de ce qui Est au présent ? Une vie d'esclave dans un monde imaginaire ?

**Le Système**

Il n'y a pas qu'un système, il y a un système global qui se base sur le droit du commerce (UCC) et de l'Amirauté (lois maritimes ou « Black Law Codex »).

Les autres systèmes sont des « sous-systèmes » nécessaires au bon fonctionnement du Système global : système bancaire, système politique, système médical... jusqu'au système d'endoctrinement (ou scolaire). Et hormis le fait qu'ils soient tous lié ensemble, comme une seule entité, le point commun qu'il y a entre tous ces systèmes est qu'ils sont tous dirigés par les mêmes « Autres » !

Quand on parle d'esclavagistes, ça commence à prendre forme...

**« Les Autres »**

Bien qu'ils ne fassent pas parti de la Création, ils existent et on ne peut passer son temps à les évoquer sans exposer ce qu'ils sont.

Imaginez quelqu'un n'ayant pas d'Âme, dépourvu de morale, n'agissant que pour SA communauté, asservissant et manipulant ceux qui n'en font pas partie, passant son temps à mettre au point la destruction de la Création par tous les moyens en légitimant ses actes nauséabonds par la culpabilisation, l'abrutissement et la servilité de ceux qu'il domine... Comment l'appeler ? Un démon ? Un politique ? Un banquier ? Mais combien sont-ils à être comme ça ?

En cherchant bien, on comprend que ce monde est colonisé depuis de nombreux millénaires par plusieurs « races » qui ne sont pas d'origine terrestre. Il n'y a qu'à observer les fresques des anciennes civilisations, lire le livre d'Enoch, ou plus simplement observer le ciel pour s'en rendre compte ! Beaucoup d'autres « signes », preuves et autres cachotteries sont disponible à ceux qui prennent la peine de chercher. Et si je vous donne tout, vous ne me croiriez probablement pas.

*« Il faut savoir que ceux qui nous observent de loin, sont inquiet. J'ai vu, vu et entendu plusieurs des dirigeants d'autres planètes qui sont très inquiets parce qu'ils s'interrogent sur la voie que l'union européenne va poursuivre. Donc il faut rassurer les européens et ceux qui nous observent de plus loin... »*

_ Jean-Claude Junker, en 2017 (ivrogne)
président de la commission européenne.

Alors sachant qu'il était filmé à ce moment là (une recherche sur youtube vous le confirmera) et visiblement assez sobre, plusieurs questions arrivent :

- Pourquoi personne de s'offusque ?

Parce qu'ils sont tous de mèche, ils en sont tous et lui aussi.

- Aux vues des caméras, parlait-il en langage codé ?

C'est à prendre en compte, effectivement. Mais si le langage était codé, quelle (plus) obscure vérité cachait-il ?

Le problème avec « Les Autres » c'est que la moindre boulette de leur part suscite plus de questions que de réponses... C'est bien normal venant d'eux, c'est comme ça qu'ils « fonctionnent » : avec des mensonges ou des demie-vérités, par entourloupe et extorsion de consentement.

Ils sont tous à la tête des corporations, des états, des banques, dans la magistrature, dans l'hémicycle. Ils sont au CAC40 jouant avec vos fiducies, dans les laboratoires, dans l'agro-alimentaire, ils sont partout. Et plus insidieux, ils se cachent dans nos familles, parmi nos amis et nos collègues de travail… Bien souvent ils n'ont aucune conscience d'en être, c'est à nous de prendre conscience de ce qu'ils sont. Pour la plupart, le terme de « vampire énergétique » est parfaitement adapté : en leur présence on se sent comme vidé, notre comportement change, nos vibrations diminuent… La seule chose à faire est de cesser de les côtoyer, jusqu'à rompre tout contact avec eux.

Et je vous le confirme : quand le ménage est fait, il ne reste pas grand monde.

« Les Autres » sont incapable de créer : n'étant pas issue de la Création ils sont ici de parfaits étrangers sans aucune légitimité, sans fond et sans Âme, ils nous manipulent et utilisent notre pouvoir créateur et divin pour modifier La Création en y superposant La Matrice, et ainsi nous contraindre à vivre dans ce monde inversé où tout est souffrance, mensonge, corruption et esclavage par le biais du Système.

### Les PO (Portails Organiques)

Un portail organique est un corps humain vivant que l'Âme Unique a déserté... Nous pourrions tous être des portails organiques, mais pourquoi certains le sont et d'autres pas ?

Les PO sont dénué d'Âme : cette dernière à été expulsé a cause de l'enfer qu'elle vivait au travers de son incarnation dans la matière (tortures, viols, drogues, dépression, meurtres…), dans le chamanisme, on parle de « perte d'âme ».

Les PO ne répondent plus qu'aux injonctions du système : payer les impôts « parce que c'est normal », voter « parce que c'est comme ça », ne pas se poser de question « pour quoi faire »... Dominés par leur ego, leur seul but est la « survie ».

Des entités d'autres plans cherchent alors la possibilité de venir expérimenter la matière dans un corps déjà matérialisé en un être humain, vidé de son Âme et bien sur dépourvu de spiritualité et donc non-protégée... Cela est une forme de possession au sens biblique du terme. Et c'est exactement le but de la doctrine MK ultra : créer des PO serviles et obéissant au(x) système(s).

Le cerveau biologique humain est sur un fonctionnement minimum. Nous le savons, nos propres scientifiques le disent continuellement. Et ils ont raison, car c'est ce fonctionnement si peu développé qui va permettre à ces entités d'occuper l'espace libre de notre cerveau et donc de « créer un Alter-ego ».

C'est ainsi que de plus en plus de personnes, et notamment des artistes du show-business, parlent de leur(s) alter-ego. Britney Spears en est le parfait exemple.

L'alter-ego est une entité qui, ne pouvant s'incarner dans la matière, se sert d'un corps humain pour descendre dans notre monde terrestre et occupe ce corps avec l'être humain par domination de ce dernier, ou avec l'accord de celui-ci.

Certains d'entre nous disent avoir croisé des portails organiques, car les personnes étaient froides, insensibles... Ces entités se reconnaissent à travers le fait qu'elles n'accèdent pas toujours à la palette émotionnelle du corps. Elles se servent surtout de la mémoire de l'être humain pour reproduire les émotions, mais souvent elles sont en décalage avec elles, et c'est en cela que nous les reconnaissons.

Pour d'autres, elles affichent systématiquement leur présence, donc il n'y a pas d'ambiguïtés. Et par leur présence, elles diffusent leur message qui est le fait des mémoires auxquelles elles ont accès, mais jamais rien de nouveau.

Il n'y a pas de créativités dans ces êtres. C'est ainsi que ces messages diffusés sont souvent les mêmes, et en boucle (comme bfmWC), transmis avec le même vocabulaire récurent, sans capacité d'évolution ou de changement de point de vue. Des coquilles vides d'Âme, possédées par d'autres entités venues expérimenter la matière de notre monde et n'ayant aucune légitimité…

Sont-ils définitivement perdus ? Tant qu'ils n'auront pas décidé eux-mêmes de se réveiller, oui ils le seront.

**Les égrégores**

Egrégore : une entité, un être collectif, issu d'une assemblée ; toute assemblée d'individus forme un égrégore. (Source Google)

« Créature » impalpables pour nos sens basiques, ces « êtres » d'une autre plan existent et nous « pompent » littéralement notre énergie. Tout est connecté aux égrégores : les sentiments le sont, l'argent, les entreprises, les jeux, la façon de nous nourrir, les lobbies, la politique, les religions, la spiritualité, tout ce en quoi on croit, tout ce à qui nous donnons de l'énergie, de l'intérêt, ou une quelconque forme de légitimité, est connecté à un ou plusieurs égrégores.

Et devinez quoi ? L'égrégore de La Peur et celui de l'Esclavage sont les plus gros, les plus gras, et les plus gourmands ! et pour cause le Système global en place y est largement responsable.

Voici une petite trouvaille sur le net à propos des égrégores chez les franc-maçon :

« Oswald Wirth, (1865-1943) qui fut un maçon « célèbre », auteur notamment des « Livres de l'Apprenti », "du Compagnon" et "du Maître", fut dans sa jeunesse le secrétaire et le disciple de Stanislas de Guaïta et resta son ami jusqu'à sa mort. Occultiste, créateur d'un jeu de tarots et magnétiseur, Il est le premier chaînon spécifiquement maçonnique de la chaîne qui transmit à la franc-maçonnerie française le concept d'égrégore. Ainsi dans « le livre du Maître » :

*"Faut-il faire remonter au Logos de Platon, à son Grand Architecte ou Démiurge, la Lumière qui éclaire progressivement initié ? Plus modestement nous pouvons nous arrêter à celui que les Maçons appellent leur Maître Hiram. Mais comment nous représentons-nous cette mystérieuse entité ?"*

*« Loin d'être un personnage, c'est une personnification de la Pensée initiatique, de cet ensemble d'idées qui survivent, alors même qu'aucun cerveau n'est plus capable de vibrer sous leur influence. Ce qui est précieux ne meurt pas et subsiste comme à l'état latent, jusqu'au jour où s'offrent des possibilités de manifestation". (…)*

*"… La vertu « pentaculaire » réside dans l'idée, les sentiments d'énergie ou l'état d'âme que l'image évoque… Mais que dire d'un pentacle invisible, tracé par toute une vie d'efforts mis au service d'un idéal supérieur ? Il ne s'agit plus ici d'enfantillages et de grimoire, mais du renforcement de la puissance secrète des Initiés… " (…)*

« *L'Initié véritable tend à concentrer sur lui les énergies diffuses d'une vaste ambiance ; il dispose ainsi d'une manière très réelle, d'une puissance illimitée, provenant des dieux, au sens initiatique du mot. Le Maçon, qui s'est voué de toute son intelligence et de tout son cœur à l'exécution du plan de l'architecte Suprême, peut accomplir un travail de beaucoup supérieur à ses moyens personnels : il n'est pas seul, car avec lui se solidarisent toutes les énergies que stimule la même bonne volonté. La **Chaîne d'Union** est effective pour tout adepte sincère, qui, ayant réalisé l'équilibre reçoit dans la mesure où il donne, en bénéficiant du courant qu'il a su établir en le transmettant* ».

La Chaîne d'Union apparaît comme le rite permettant, en quelque sorte de se "connecter" à l'égrégore… Même si Wirth n'utilise pas le mot, il le décrit comme du « courant », ce qui est sans doute normal pour un magnétiseur.

Les égrégores ne sont pas tous négatifs, loin de là ! et heureusement ! Pour tout ce qui existe, il existe son contraire.
Cependant il est temps de prendre conscience de ce qu'il se cache derrière les collectivités, les associations, les partis politiques, les religions, les gourous, les sectes et sociétés secrètes, les industries, les lobbies, les pays, les banques, les organisations internationales…(etc) et surtout de comprendre quel(s) égrégore(s) ça nourrit.

Comment ça marche ? Une émotion active les atomes de nos cellules, transformant le corps en une pile électrique, capable de fabriquer sa propre énergie. Ainsi, par la seule force d'une émotion mutuelle et sans même s'en rendre compte, nous connectons nos sources d'énergie et en créons une plus grande, globale. Comme branchés à l'unisson, nous vibrons sur la même longueur d'onde. La tension est alors assez haute pour qu'émerge un esprit de groupe, un égrégore.

*« Le biochimiste Rupert Sheldrake parle de champ morphogénétique. Le ressenti d'un individu exerce une force sur celui de l'autre. Ce mouvement, par résonance, va influencer leurs comportements et leurs pensées »*
_ Rosa Claire Detève,
formatrice en psychologie quantique.

De nombreux égrégores positifs ont vu le jour dernièrement, notamment autour de la spiritualité. Quand un individu se tourne vers la spiritualité, c'est qu'une chaine s'est brisée : en général ça passe par la compréhension que ce monde ne tourne pas rond, et qu'on n'y est pas « à notre place ». Puis la nuit noire de l'âme, ou une dépression…au choix !

Ce qui en résulte c'est la compréhension totale de la pièce de théâtre qui se joue sous nos yeux et le besoin de transmettre ces informations afin d'accélérer le narratif : plus vite et plus nombreux on sera d'individus « conscients » et plus vite on en finira avec « Les Autres », leurs systèmes et leur matrice.

La prise de conscience étant purement individuelle et soumise au libre arbitre de chaque Un, « le réveil collectif » risque de prendre encore pas mal de temps… Soyons patient, mais déterminés.

# PARTIE 3 : PLANDEMONIUM

## La lettre d'Albert Pyke

Après 150 ans, d'une manière jusqu'alors inexpliquée, une lettre strictement confidentielle écrite par Albert Pike (1809-1891) a été divulguée au public. Le chef du mouvement Illuminati-Maçonnique en Amérique, l'a envoyée à Giuseppe Macini (1805-1872) son frère italien et compagnon d'armes.

Dans cette étrange lettre prétendument envoyée le 20 août 1871, Albert Pike donne des instructions précises pour planifier, provoquer et mener les trois guerres mondiales jugées nécessaires à la formation de "l'Ordre mondial Unique" appelé aujourd'hui « Nouvel Ordre Mondial ». L'exactitude des événements présentés dans la lettre, qui ont eu lieu entre-temps au 20ème siècle, est tout simplement Incroyable.

Les événements décrits dans la lettre d'Albert Pike, le "pape noir" de la franc-maçonnerie mondiale et l'idéologue de la conspiration contre Dieu et l'humanité, se sont réellement produits exactement comme décrit dans cette lettre. Apparemment, la lettre de Pike commence par la phrase suivante :

*« Cher frère Macini, pour gouverner le monde, nous devons provoquer trois guerres mondiales. Le troisième doit être contre les musulmans. Et puis nous provoquerons une grande crise économique, puis la famine. Ce sont les conditions préalables à l'instauration d'une dictature mondiale.*

*La Première Guerre mondiale doit être provoquée afin de permettre aux Illuminati de renverser le pouvoir des tsars en Russie et de faire de ce pays une forteresse du communisme athée. Les divergences causées par les "agents" des Illuminati entre les empires britannique et germanique seront utilisées pour fomenter cette guerre. À la fin de la guerre, le communisme sera construit et utilisé pour détruire d'autres gouvernements et pour affaiblir les religions.* »

Par l'intermédiaire d'Otto von Bismarck (1815-1898), chef et chancelier de la Prusse, qui devint bientôt l'unificateur du premier Reich allemand, Pike prépara longtemps les conditions de la Première Guerre mondiale.

La raison du déclenchement du conflit général était l'assassinat de l'archiduc François-Ferdinand à Sarajevo sur Vidovdan en 1914, ce qui témoigne de la clairvoyance et de la planification des Illuminati.

« *La Seconde Guerre mondiale doit être fomentée en profitant des différences entre les fascistes et les sionistes politiques. Cette guerre doit être provoquée pour que le nazisme soit détruit et que le sionisme politique soit assez fort pour instituer un État souverain d'Israël en Palestine. Pendant la Seconde Guerre mondiale, le communisme international doit devenir suffisamment fort pour équilibrer la chrétienté, qui serait alors contenue et tenue en échec jusqu'au moment où nous en aurions besoin pour le cataclysme social final.*

*La troisième guerre mondiale doit être provoquée en utilisant les différences entre les sionistes politiques et le monde islamique. Cette guerre doit conduire à la destruction mutuelle de l'islam (le monde arabe) et du sionisme (Israël). Pendant ce temps, d'autres nations se battront pour le point d'achèvement alors nous libérerons les nihilistes et les athées dans le monde et provoquerons une ruine sociale qui montrera à tous l'effet de l'athéisme absolu. Cette manifestation suivra la destruction du christianisme et de l'athéisme, qui disparaîtront en même temps.* »

Vous comprenez que leur plan se déroule à merveille ? Même si cette soi-disant lettre est définie par beaucoup comme fausse, son existence est réelle, peu importe qui l'a écrite et peu importe ses raisons. Encore une fois, attachons-nous à ce qui est.

**Mais qui était Albert Pyke ?**

Albert Pike a eu une carrière exceptionnelle sans aucune école : en 1840, il a rejoint la loge maçonnique, où il est devenu extrêmement actif dans le travail de cette organisation, jusqu'en 1859. Lorsqu'il fut élu Grand Commandeur du Rite Écossais de la juridiction sud-américaine. Il y resta trente-deux ans et consacra tout son temps à répandre son ordre.

Bien que pendant la guerre civile américaine (1861-1865), il ait été général de la Confédération, c'est-à-dire du côté de ceux qui ont perdu la guerre, en tant que grand chef maçonnique, il s'en moqua bien. Ils lui ont même édifié un monument au milieu du trône de Washington !

À la fin des années 1869 il était le principal chef du Ku Klux Klan. Il était un sataniste et pratiquait des rituels occultes ; il était le chef d'un groupe satanique connu sous le nom d'Ordre du Palladium. Il invoquait, comme il l'écrivait, Lucifer lui-même !

En Europe, le bras droit maçonnique-illuminati de Pike était le Suisse Fileas Walder, un ancien prêtre, maçon et occultiste. Comme le montre cette lettre strictement confidentielle, Pike a travaillé en étroite collaboration avec Giuseppe Macini, le franc-maçon de la plus haute 33e initiation, qui est devenu le chef des Illuminati en 1834, et aurait initié la fondation (ou plutôt la renaissance) de la mafia en 1860. L'homme d'État anglais Lord Palmerston aurait été un autre des associés de Pike, et son homme en Allemagne était le susmentionné Otto Von Bismarck, l'unificateur du Premier Reich allemand.

Il a publié son livre "Morales and Dogma of the Ancient and Accepted Scottish Rite Freemasonry" (Lessons and Teachings of the Ancient and Recognized Scottish Rite of Freemasonry, mieux connu sous le nom de "Morality and Dogma") en 1871, et a été republié depuis. Le livre est une sorte de Bible maçonnique et est destiné aux membres de la plus haute 33ème initiation. Grâce notamment à ce livre de plus de 900 pages, Albert Pike est toujours considéré comme le franc-maçon le plus influent et le plus célèbre de tous les temps !
Même si les origines du mal remontent à bien plus longtemps, il me paraissait important de vous divulguer cette information avant d'aller plus loin.

Nous avons déjà parlé du mythe de la Boite de Pandore et de ses Maux déversés sur la terre. Et pourtant il semble en manquer un : La Peur.

Si La Peur n'est pas sortie de la Boite de Pandore, tous les Maux qui en sont sortis la provoquent.

Il semblerait donc que l'égrégore de La Peur soit nourrit par l'intermédiaire des Maux relâchés par Pandora, cette petite fille espiègle et désobéissante… Merci du cadeau.

Mais les Maux en questions ne seraient-ils pas plutôt une sorte de parabole concernant les races envahissantes et asservissantes venues se nourrir de nos vibrations ? Notre énergie ? Et la « Boite » n'était-elle pas une sorte de « Prison » ?

Toutes les religions ont leurs passages sur le commencement et la fin des temps, et ces passages sont largement connus de tous, je ne les évoquerais donc pas. Déjà parce que ces religions ont étés mises en place par des races asservissantes et ne représentent pas « ce qui est » réellement. Mais aussi parce que je m'attache aux faits. Cependant, il semblerait que toutes les religions monothéistes soient d'accord sur les 5 premiers chapitres de la Genèse… Je vous invite à les lire et vous rendre compte des ignominies qui y sont distillées.

*« Le propre du Mal est de nous cacher l'existence du Créateur »*
\_ Rémy Cœur De Lion

Si « Les Autres » croient au « Diable », vous pouvez être sur qu'il existe. Et s'ils nous cachent l'existence du Créateur (Dieu), c'est pour nous couper de la Source Originelle et ainsi imposer leurs dogmes lucifériens.

Il va donc nous falloir comprendre notre monde, ce que nous sommes et accepter le rôle qu'on doit jouer afin de nous liberer.

# LES PROTOCOLES DE TORONTO

## Introduction de Serge Monast :

*« Fin Juin 1967: A Montréal, c'est l'Expo 67; à Ottawa, ce sont les derniers préparatifs du "Centenaire de la Confédération"; aux Etats-Unis, c'est la contestation à la Guerre du Vietnam et, à travers le pays, le "Flower Power". Nous sommes près des événements de Mai 68 en France, de l'explosion du Nationalisme au Québec, du Festival Woodstock aux Etats-Unis... mais en même temps, cette fin Juin de 1967 marque les derniers préparatifs de la mise au point du Plan de la "Chute des Nations" par les hautes instances de la Franc-Maçonnerie Anglo-Saxonne à Toronto (Canada).*

*Cette réunion secrète, hautement "Confidentielle", est organisée par les "6.6.6." (c'est ainsi qu'ils se nomment eux-mêmes), c'est à dire ceux qui dirigent les 6 plus grandes banques mondiales, les 6 plus grands consortiums énergétiques de la planète (dont le pétrole fait partie), et les 6 plus grands consortiums de l'agro-alimentaire (dont fait partie le contrôle des principales routes alimentaires du monde). Ces 6.6.6. étant les plus hauts responsables de la finance internationale vont définir, à l'intérieur de leur réunion, une "Stratégie commune" en vue de la mainmise absolue sur le "Commerce Mondial"; sur la possession de l'Arme Energétique (porte ouverte sur le XXIe siècle); et sur le contrôle international de l'agro-alimentaire (lequel comprend aussi, pour eux, les consortiums pharmaceutiques comprenant, à leur tour, le marché mondial des "Vitamines" et des "Vaccins").*

*Leur "plan" se résume à trois orientations majeures: "L'Economique, le Politique et le Social pour les années 70 et 80. S'il réussit, il doit irrémédiablement déboucher sur la prise du "Pouvoir Mondial" par la mise en place du "Nouvel Ordre Mondial"; le même dont le Président américain George Bush fera tant la promotion au début des années 90. »*

## Titre du Document des 6.6.6. :

## ["PANEM ET CIRCENSES": (Du Pain et des Jeux du Cirque).

But du Projet Mondialiste: Le "Génocide du Vital au Profit du Rentable Occulte".

Moyens de Financement du Projet: Entre autre, se servir de l'Aide Humanitaire, de l'Aide Alimentaire Internationale afin de financer les "Multinationales" des 6.6.6.

LE DOCUMENT dans sont intégralité, tel que nous l'a donné Serge Monast dans son livre intitulé « Le protocole (666) de Toronto » :

[Toutes les périodes historiques ayant mené à la décadence des civilisations étaient toutes marquées, sans exception, par "L'Esprit d'Errance des Hommes". Aujourd'hui, nous devons faire en sorte que cet "Esprit" se traduise par une "Société Mondiale du Loisir" sous toutes ses formes. Ce "Loisir" doit se composer du [Sexe], des [Drogues], du [Sport], des [Voyages/l'Exotisme], et des [Loisirs] en général, mais accessibles à toutes les couches de la Société. L'Homme doit arriver à croire qu'il est "Moderne", et que sa modernité est composée de sa capacité, et de sa possibilité de pouvoir jouir largement, et maintenant de tout ce qui l'entoure.

Pour parvenir à cet objectif, il est impératif de pouvoir infiltrer les Médias (Radio, Télévision, Journaux), les milieux de la "Mode" et la "Culture" (les milieux de la Nouvelle Musique) par lesquels nous influencerons, à coup sûr, toutes les couches des Sociétés Occidentales.

Ainsi en tenant sous la coupe des "Sens" la jeunesse (les adultes de demain), nous aurons par conséquent la voie libre pour infiltrer, et transformer en profondeur, sans être inquiétés, le Politique, le Système Légal et l'Education; ce qui nous permettra de modifier en profondeur le cours, l'orientation future des Sociétés visées par notre "Plan".

Les populations, nous le savons, n'ont pas de mémoire historique. Ils répètent inlassablement les erreurs du passé sans se rendre compte que ces mêmes erreurs avaient conduits leurs pères, avant eux, aux mêmes déchéances qu'ils vivront en pire avant la fin de ce siècle. Voyez, par exemple, ce que leurs grands-pères ont vécu au début de ce siècle grâce au travail acharné de nos prédécesseurs.

Après avoir connu, sans limites, la libération des mœurs, l'abolition de la morale (en d'autres mots, l'errance de l'esprit), ils expérimentèrent la "Crise Economique", puis la "Guerre". Aujourd'hui leurs petits-enfants et leurs enfants se dirigent droits vers un aboutissement semblable, pire encore car cette fois-ci, il nous permettra enfin de mettre sur pied notre "Nouvel Ordre Mondial" sans qu'aucun d'entre eux ne soient à même de s'en rendre compte, trop préoccupés qu'ils seront tous à satisfaire exagérément leur besoins sensuels les plus primaires.

Une "Norme" générale plus qu'importante, et qui a déjà fait ses preuves au début de ce présent siècle dans la construction, et la mise en place du [Système Communiste] par les regrettés Hauts Officiers de nos loges, est la rentabilité de "l'Exception".
 En principe, nous le savons, l'Exception prouve la Règle générale qui lui est contraire. Mais dans notre vocabulaire, l'Exception c'est ce qui doit être imposée à tous. Nous devons faire en sorte de faire des "Exceptions" dans différentes sphères de la Société, comme devant être de nouvelles "Règles" générales applicables à tous, un objectif premier de toutes les futures contestations sociales menées par la Jeunesse des Nations.

Ainsi l'Exception deviendra le détonateur par lequel toute la société historique s'effondrera sur elle-même dans un essoufflement et une confusion sans précédent.

Les fondements de la "Société Occidentale", dans leur essence, proviennent en droite ligne, de l'héritage Judéo-Chrétien. C'est précisément ce même héritage qui fit de la "Famille", le "Noeud", la "Pierre Angulaire" de tout l'édifice social actuel. Nos prédécesseurs qui avaient financé les écrivains révolutionnaires de la fin du XIX° siècle et du début du XX° siècle avaient compris l'importance de fractionner, puis de faire éclater ce "Noyau vital" s'ils voulaient, en Russie, parvenir à mettre en place le nouveau "Système Communiste" d'alors. Et c'est précisément ce qu'ils firent en faisant minutieusement produire par les philosophes et les écrivains non-conformistes de l'époque: "Un Manifeste à la gloire de l'Etat-Dieu"; celui-ci ayant la primauté absolue sur l'individu, sur la "Famille".

Pour aboutir avec certitude à la construction d'un Gouvernement Mondial, [Un Nouvel Ordre Mondial Communautaire] où tous les individus, sans exception, seront soumis à "l'Etat Mondial" de "l'Ordre Nouveau", nous devons, en premier lieu, faire disparaître la "Famille" (ce qui entraînera, du même coup, la disparition des enseignements religieux ancestraux), et en deuxième lieu, niveler tous les individus en faisant disparaître les "Classes Sociales", en particulier, les "Classes Moyennes". Mais nous devons procéder de manière à ce que tous ces changements apparaissent comme étant issus de la volonté populaire; qu'ils aient l'apparence de la "Démocratie".

En se servant de cas isolés, mais en les amplifiant à l'extrême avec l'aide de contestations étudiantes noyautées par nous, de journalistes favorables à notre cause et de politiciens achetés, nous parviendrons à faire mettre en place de nouveaux Organismes ayant toutes les apparences de la "Modernité", tel un "Bureau de la Protection de l'Enfance" protégé par une "Charte des Droits et Libertés".

Pour la réussite de notre "Plan Mondial: « Le Plan Rouge », il nous faut faire implanter dans toutes les Sociétés Occidentales des années 70', des "Bureaux pour la Protection de l'Enfance" dont les fonctionnaires (de jeunes intellectuels sans expérience, fraîchement sortis d'Universités où sont mis en évidence nos principes mondialistes), feront respecter à la lettre, sans discernement, la "Charte des Droits de l'Enfant". Qui osera s'opposer à cela sans en même temps être identifié aux barbaries du Moyen Age ?

Cette "Charte" laborieusement mise au point dans nos "Loges", nous permettra enfin de réduire à néant toute autorité parentale en faisant éclater la famille en individus farouchement opposés les uns aux autres pour la protection de leurs intérêts personnels. Elle encouragera les enfants à dénoncer des parents trop autoritaires parce que trop traditionnels, trop religieux. Elle contribuera ainsi à soumettre les parents à une "Psychose Collective de la Peur"; ce qui provoquera inéluctablement, d'une manière générale dans la société, un relâchement de l'autorité parentale. Ainsi nous aurons réussi, dans un premier temps, à produire une société semblable à celle de la Russie des années 50' où les enfants dénonçaient à l'Etat leurs parents, et cela sans que personne ne s'en aperçoive.

En transférant ainsi à l'Etat le "Rôle Parental", il nous sera plus facile, par la suite, de nous accaparer, une par une, de toutes les responsabilités qui avaient été, jusqu'à date, du ressort exclusif des parents. C'est ainsi que nous pourrons faire considérer par tous comme étant un abus contre l'enfant, l'enseignement religieux traditionnel d'origine Judéo-Chrétienne. Dans un même temps, mais à un autre niveau, nous ferons inscrire dans les plus hautes Lois des Nations, que toutes les Religions, les Cultes et les Pratiques religieuses de tous genres, y compris la "Sorcellerie et la Magie" doivent toutes être respectées au même titre les unes que les autres.

Ce sera par la suite d'une aisance déconcertante que de transférer ce rôle de l'Etat par rapport à l'enfant aux plus hautes instances internationales, telles les Nations-Unies. Comprenons bien ceci: "Notre but n'est pas de protéger les enfants ou qui que ce soit d'autre, mais bien de provoquer l'éclatement, puis la chute des Nations qui sont un obstacle majeur à la mise en place de notre "Nouvel Ordre Mondial". C'est la raison pour laquelle les "Bureaux de Protection de l'Enfance" doivent être investis d'une autorité légale absolue. Ils doivent être en mesure, comme bon leur semblera, mais toujours sous le prétexte de la protection de l'enfant, de pouvoir retirer ces derniers de leurs milieux familiaux originels, et les placer dans des milieux familiaux étrangers ou des Centres gouvernementaux déjà acquis à nos principes mondialistes et a-religieux. Par conséquent, sera ainsi achevée la brisure définitive de la "Cellule Familiale Occidentale". Car sans la protection et la surveillance de leurs parents originaux, ces enfants pourront ainsi être définitivement handicapés dans leur développement psychologique et moral, et représenter, par voie de conséquence naturelle, des proies facilement adaptables à nos visées mondialistes.

Pour la réussite assurée d'une telle entreprise, il est primordial que les fonctionnaires travaillant dans ces "Bureaux" au service de l'Etat, soient jeunes, sans expérience passée, imbus de théories que nous savons vides et sans efficacité, et surtout, soient obsédés par l'esprit missionnaire de grands protecteurs de l'enfance menacée. Car pour eux, tous les parents doivent représenter des criminels en puissance, des dangers potentiels au bien-être de l'enfant ici considéré comme étant un "Dieu".

Un "Bureau de la Protection de l'Enfance" et une "Charte des Droits de l'Enfant" n'ont aucune raison d'être sans enfants menacés. De plus, les exceptions et les exemples historiques utilisés pour leur mise en place finiraient, tôt ou tard, par disparaître s'ils n'étaient pas constamment alimentés par de nouveaux cas se produisant sur une base continue. En ce sens, nous devons infiltrer le "Système d'éducation" des Nations pour y faire disparaître, sous le couvercle de la "Modernité" et de "l'Evolution", l'enseignement de la Religion, de l'Histoire, de la Bienséance tout en diluant, en même temps, sous une avalanche d'expérimentations nouvelles dans le milieu de l'Education, celui de la langue et des mathématiques.

De cette manière, en enlevant aux jeunes générations, toute base et toute frontière morales, toute connaissance du passé (donc toute fierté nationale), donc tout respect d'autrui, tout pouvoir par la connaissance du langage et des sciences (donc sur la réalité), nous contribuerons à fabriquer une jeunesse largement disposée à toutes les formes de délinquance. Dans ce nouvel univers morcelé par la peur des parents, et leur abandon de toute responsabilité face à leurs enfants, nous aurons la voie libre pour former, à notre manière et selon nos objectifs premiers, une jeunesse où l'arrogance, le mépris, l'humiliation d'autrui seront considérés comme étant les nouvelles bases de "l'Affirmation de Soi" et de la "Liberté".

Mais nous savons, à même l'expérience du passé, qu'une jeunesse semblable est d'ores et déjà condamnée à son autodestruction car celle-ci est foncièrement "Individualiste", donc "Anarchiste" par définition. En ce sens, elle ne peut aucunement représenter une base solide pour la continuité de quelque société que ce soit, et encore moins une valeur sûre pour la prise en charge de ses vieillards.

Dans la même foulée, il est aussi impératif de faire créer une "Charte des Droits et Libertés Individuelles", et des "Bureaux de Protection du Citoyen" en faisant miroiter aux masses, que ces innovations font partie intégrante de la "Modernité" des "Sociétés Nouvelles" du XX° siècle. De la même manière, et en même temps, mais à un autre niveau, faire voter de nouvelles Lois pour le "Respect et la Liberté Individuelles". Comme dans le cas de la "Famille", mais sur le plan de la "Société", ces Lois entreront en conflit avec les Droits de la Collectivité, menant ainsi les sociétés visées, droit à leur autodestruction. Car ici, l'inversion est totale: "Ce n'est plus la société (le droit de la majorité) qui doit être protégé contre des individus pouvant la menacer, mais bien plutôt (le Droit de l'Individu) qui se doit d'être protégé contre les menaces possibles de la majorité". Voilà le but que nous nous sommes fixés.

Pour achever l'éclatement de la famille, du système d'éducation, donc de la Société en général, il est primordial d'encourager la "Liberté Sexuelle" à tous les échelons de la Société Occidentale. Il faut réduire l'individu, donc les masses, à l'obsession de satisfaire leurs instincts primaires par tous les moyens possibles. Nous savons que cette étape représente le point culminant par lequel toute Société finira par s'effondrer sur elle-même. N'en a-t-il pas été ainsi de l'Empire Romain à son apogée, et de toutes civilisations semblables à travers l'histoire ?

Par des hommes de Science et des laboratoires financés par nos Loges, nous avons réussi à faire mettre au point un procédé chimique qui révolutionnera toutes les Sociétés Occidentales, et reléguera aux oubliettes pour toujours, les principes moraux et religieux Judéo-Chrétiens. Ce procédé, sous forme de pilule, ouvrira la voie toute grande à la "Liberté Sexuelle" sans conséquences, et poussera les "Femmes" des Nations à vouloir briser avec ce qui sera alors perçu comme étant le joug du passé (l'esclavage des femmes soumises à l'homme et à la famille traditionnelle Judéo-Chrétienne).

Jadis "Centre et pivot de la cellule familiale", la femme moderne, maintenant en tant qu'individu indépendant, voudra briser avec son rôle traditionnel, se détacher de la famille, et mener sa vie selon ses propres aspirations personnelles. Rien de plus naturel, nous le savons, mais là où nous interviendrons fortement, ce sera d'infiltrer tous les nouveaux "Mouvements de Contestation Féminins" en poussant leur logique jusqu'à ses extrêmes limites de conséquence. Et ces limites se trouvent déjà inscrites dans l'éclatement définitif de la famille traditionnelle et de la Société Judéo-Chrétienne.

Cette "Libération Sexuelle" sera le moyen ultime par lequel il nous sera possible de faire disparaître de la "Conscience Populaire" toute référence au "Bien et au Mal". L'effondrement de cette barrière religieuse et morale nous permettra d'achever le processus de la fausse "Libération de l'Homme de son Passé", mais qui, en réalité, est une forme d'esclavage qui sera profitable à nos "Plans Mondialistes".

Cette porte ouverte pour l'encouragement à la "Liberté sexuelle", au "Divorce", à "l'Avortement" sur demande, à la reconnaissance légale des diverses formes d'homosexualité nous aidera à modifier en profondeur les bases historiques du "Droit Légal" des Sociétés. Elle sera un atout majeur pour pousser l'ensemble des individus à un relâchement général des mœurs; pour diviser les individus les uns par rapport aux autres, selon leur instinct et leurs intérêts propres ; pour détruire l'avenir de la jeunesse en la poussant aux expériences néfastes de la sexualité hâtive et de l'avortement; et pour briser moralement les générations futures en les poussant à l'alcoolisme, aux drogues diverses (dont nos Officiers supérieurs des Loges Internationales se chargeront d'en prendre le contrôle au niveau mondial), et au suicide (celui-ci considéré par une jeunesse désabusée et abandonnée à elle-même, comme étant une fin chevaleresque).

Décevons la jeunesse des Nations en lui montant ses parents comme étant irresponsables, irréligieux, immoraux; ne cherchant, en définitive, que le plaisir, l'évasion et la satisfaction effrénée de leurs instincts au prix du mensonge, de l'hypocrisie et de la trahison. Faisons du divorce et de l'avortement une nouvelle coutume sociale acceptée par tous. Poussons-la ainsi à la criminalité sous toutes ses formes, et à se réfugier en groupes distincts, hors d'atteinte du milieu familial qu'elle percevra, inévitablement, comme étant une menace pour sa propre survie. Le tissu social étant ainsi bouleversé à jamais, il nous sera dès lors possible d'agir sur le Politique et l'Economique des Nations afin de les soumettre à notre merci; pour en venir à accepter de force, nos Plans d'un Nouvel Ordre Mondial.

Car, il faut bien se l'avouer, les Nations, dépourvues qu'elles seront alors de pouvoir compter sur une jeunesse forte, sur une Société où les individus, regroupés autour d'un idéal commun, renforcé par des remparts moraux indéfectibles, aurait pu lui apporter son soutien historique, ne pourront qu'abdiquer à notre volonté mondiale.

Ainsi pourrons-nous alors inaugurer ce qui fut tant annoncé par nos créations passées: "Le système communiste qui prophétisait une révolution mondiale mise en branle par tous les rejetés de la terre", et le "Nazisme par lequel nous avions annoncé un Nouvel Ordre Mondial pour 1000 ans". Voilà notre but ultime; le travail récompensé de tous les valeureux morts au labeur pour son accomplissement depuis des siècles. Disons-le haut et fort: "Tous les Frères des Loges passées, morts dans l'anonymat pour la réalisation de cet Idéal qu'il nous est maintenant possible de toucher du bout des doigts".

Il est bien reconnu par tous que l'Homme, une fois après avoir assuré ses besoins primaires (nourriture, habillement et gîte), est beaucoup plus enclin à être moins vigilant. Permettons-lui d'endormir sa conscience tout en orientant à notre guise son esprit en lui créant, de pure pièce, des conditions économiques favorables. Donc, pendant cette période des années 70 où nos Agents s'infiltreront partout dans les différentes sphères de la Société pour faire accepter nos nouvelles normes dans l'Education, le Droit Légal, le Social et le Politique, nous veillerons à répandre autour de lui un climat économique de confiance.

Du Travail pour tous; l'ouverture du Crédit pour tous; des Loisirs pour tous seront nos tandems pour la création illusoire d'une nouvelle classe sociale: "la Classe Moyenne". Car une fois nos objectifs atteints, cette "Classe" du milieu, située entre les pauvres séculaires, et nous les riches, nous la ferons disparaître en lui coupant définitivement tout moyen de survie.

En ce sens, nous ferons des Etats-Nations, les nouveaux "Parents" des individus. A travers ce climat de confiance où nos "Agents Internationaux" auront fait le nécessaire pour écarter tout spectre de guerre mondiale, nous encouragerons la "Centralisation" à outrance pour l'Etat. De cette manière, les individus pourront acquérir l'impression d'une liberté totale à explorer pendant que le fardeau légendaire des responsabilités personnelles sera transféré à l'Etat. C'est ainsi qu'il nous sera possible de faire augmenter d'une manière vertigineuse le fardeau de l'Etat en multipliant sans limites aucune la masse des fonctionnaires-intellectuels. Assurés pour des années à l'avance d'une sécurité matérielle, ceux-ci seront par conséquent, de parfaits exécutants du "Pouvoir Gouvernemental"; en d'autres mots, de notre "Pouvoir".

Créer ainsi une masse impressionnante de fonctionnaires qui, à elle seule, formera (un Gouvernement dans le gouvernement), quel que soit le parti politique qui sera alors au pouvoir. Cette machine anonyme pourra nous servir un jour de levier, lorsque le moment sera venu, pour accélérer l'effondrement économique des Etats-Nations ; car ceux-ci ne pourront pas indéfiniment supporter une telle masse salariale sans devoir s'endetter au delà de leurs moyens. D'un autre coté, cette même machine qui donnera une image froide et insensible de l'appareil gouvernemental; cette machine complexe et combien inutile dans beaucoup de ses fonctions, nous servira de paravent et de protection contre les populations. Car qui osera s'aventurer à travers les dédales d'un tel labyrinthe en vue de faire valoir ses doléances personnelles ? Toujours pendant cette période d'étourdissement général, nous en profiterons aussi pour acheter ou éliminer, selon les nécessités du moment, tous les dirigeants d'entreprises, les responsables des grands Organismes d'Etat, les Centres de Recherche Scientifique dont l'action et l'efficacité risqueraient de donner trop de pouvoir aux Etats-Nations. Il ne faut absolument pas que l'Etat devienne une force indépendante en elle-même qui risquerait de nous échapper, et de mettre en danger nos "Plans" ancestraux.

Nous veillerons aussi à avoir une mainmise absolue sur toutes les structures supranationales des Nations. Ces Organismes internationaux doivent être placés sous notre juridiction absolue. Dans le même sens, et pour garantir la rentabilité de notre influence auprès des populations, nous devrons contrôler tous les Médias d'Information. Nos Banques verront donc à ne financer que ceux qui nous sont favorables tandis qu'elles superviseront la fermeture des plus récalcitrants. Cela devrait en principe passer presque inaperçu dans les populations, absorbées qu'elles seront par leur besoin de faire plus d'argent, et de se divertir.

Nous devrons nous occuper à finaliser, dès maintenant, la phase de derégionalisation des régions rurales amorcée au début de la "Crise Economique" de 1929. Surpeupler les villes était notre tandem de la "Révolution Industrielle". Les propriétaires ruraux, par leur indépendance économique, leur capacité à produire la base de l'alimentation des Etats, est une menace pour nous, et nos Plans futurs. Entassés dans les villes, ils seront plus dépendants de nos industries pour survivre.

Nous ne pouvons nous permettre l'existence de groupes indépendants de notre "Pouvoir". Donc éliminons les propriétaires terriens en faisant d'eux des esclaves obéissants des Industries étant sous notre contrôle. Quant aux autres, permettons-leur de s'organiser en Coopératives Agricoles que nos Agents infiltreront pour mieux les orienter selon nos priorités futures.

A travers l'Etat, attachons-nous à bien mettre en évidence le "Respect" obligatoire de la diversité des "Cultures", des "Peuples", des "Religions", des "Ethnies" qui sont autant de moyens, pour nous, pour faire passer la "Liberté Individuelle" avant la notion "d'Unité Nationale"; ce qui nous permettra de mieux diviser les populations des Etats-Nations, et ainsi les affaiblir dans leur autorité, et dans leur capacité de manœuvrer. Poussé à ces extrêmes limites, mais sur le plan international, ce concept, dans le futur, poussera les ethnies des différentes Nations à se regrouper pour revendiquer, individuellement, chacune leur propre part du "Pouvoir"; ce qui achèvera de ruiner les Nations, et les fera éclater dans des guerres interminables.

Lorsque les Etats-Nations seront ainsi affaiblis par autant de luttes intestines, toutes fondées sur la reconnaissance des "Droits des Minorités" à leur Indépendance; que les nationalistes divisés en différentes factions culturelles et religieuses s'opposeront aveuglément dans des luttes sans issue; que la jeunesse aura totalement perdu contact avec ses racines; alors nous pourrons nous servir des Nations-Unies pour commence à imposer notre Nouvel Ordre Mondial. D'ailleurs, à ce stade-là, les "Idéaux Humanitaires, Sociaux et Historiques" des Etats-Nations auront depuis longtemps éclaté sous la pression des divisions intérieures.]

Fin du Document des 6.6.6. daté de fin Juin 1967.

*« Dix huit ans plus tard, soit (6.6.6.) dans le temps, se tint une autre Réunion d'importance au Canada. Le Groupe des 6.6.6. se réunit encore une fois à Toronto, à la fin de Juin 1985, mais cette fois-ci afin de finaliser les dernières étapes devant déboucher, et sur la chute des Etats-Nations, et sur la prise du Pouvoir International par les Nations-Unies. »*

# "L'AURORE ROUGE"

## [Titre du document des 6.6.6.: L'AURORE ROUGE.
But du Projet Mondialiste: ETABLISSEMENT DE L'OCCULTE MONDIAL
Moyens de Financement du Projet: Contrôle du F.M.I., du G.A.T.T., de la Commission de
Bruxelles, de l'OTAN, de l'O.N.U. et d'autres Organismes Internationaux.

Les dernières dix-huit années furent très profitables pour l'avancement de nos projets mondiaux. Je peux vous dire, Frères, que nous touchons maintenant presque au but. La chute des Etats-Nations n'est plus qu'une question de temps, assez court, dois-je vous avouer en toute confiance.

Grâce à nos Agents d'infiltration et à nos moyens financiers colossaux, des progrès sans précédents ont maintenant été accomplis dans tous les domaines de la Science et de la Technologie dont nous contrôlons financièrement les plus grandes corporations.

Depuis les réunions secrètes avec M. de Rotchild dans les années 56, et qui avaient pour but de mettre au point le développement, et l'implantation mondiale des "Ordinateurs", il nous est maintenant possible d'entrevoir la mise en place d'un genre "d'Autoroute Internationale" où toutes ces machines seraient reliées entre elles. Car, comme vous le savez déjà, le contrôle direct et individuel des populations de la planète, serait à tout le moins totalement impossible sans l'usage des Ordinateurs, et leur rattachement électronique les uns par rapport aux autres en un vaste "Réseau Mondial".

Ces machines d'ailleurs ont l'avantage de pouvoir remplacer des millions d'individus. De plus, elles ne possèdent ni conscience, ni morale aucune; ce qui est indispensable pour la réussite d'un projet comme le nôtre. Surtout, ces machines accomplissent, sans discuter, tout ce qui leur est dicté. Elles sont des esclaves parfaits dont ont tant rêvé nos prédécesseurs, mais sans qu'ils aient été à même de se douter qu'un jour, il nous serait possible d'accomplir un tel prodige. Ces machines sans patrie, sans couleur, sans religion, sans appartenance politique, sont l'ultime accomplissement et outil de notre Nouvel Ordre Mondial. Elles en sont la "Pierre angulaire" ! L'organisation de ces machines en un vaste "Réseau mondial" dont nous contrôlerons les leviers supérieurs, nous servira à immobiliser les populations. Comment ?

Comme vous le savez, la structure de base de notre Nouvel Ordre Mondial est composée, dans son essence, d'une multitude de "Réseaux" divers couvrant chacun toutes les sphères de l'activité humaine sur toute l'étendue de la planète. Jusqu'à ce jour, tous ces "Réseaux" étaient reliés entre eux par une base idéologique commune: celle de l'Homme comme étant le "Centre" et "l'Ultime Accomplissement" de l'Univers.

Ainsi, grâce à tous ces "Réseaux" unis par le lien de la "Nouvelle Religion de l'Homme pour l'Homme", nous avons pu facilement infiltrer tous les secteurs humains dans tous les pays Occidentaux, et en modifier la base "Judéo-Chrétienne". Le résultat est qu'aujourd'hui, cet Homme, qu'il fasse partie du Politique, de l'Economique, du Social, de l'Education, du Scientifique ou du Religieux, a déjà, depuis notre dernière Réunion de fin Juin 67, abandonné son héritage passé pour le remplacer par notre idéal d'une Religion Mondiale basée uniquement sur l'Homme. Coupé ainsi qu'il est dorénavant de ses racines historiques, cet Homme n'attend plus, en définitive, que lui soit proposé une nouvelle idéologie. Celle-ci, bien entendue, est la nôtre; celle du "Village Communautaire Global" dont il sera le "Centre". Et c'est précisément ce que nous lui apporterons en l'encourageant à faire partie, "Corps et Ame", de ce "Réseau Electronique Mondial" où les frontières des Etats-Nations auront été à tout jamais abolies, anéanties jusqu'à leurs racines les plus profondes.

Pendant que cet homme égaré sera absorbé par son enthousiasme aveugle à faire partie de sa nouvelle "Communauté Mondiale" en faisant partie de ce vaste "Réseau d'Ordinateurs", pour notre compte, nous verrons, à partir des leviers supérieurs qui lui seront cachés, à le ficher, à l'identifier, à le comptabiliser, et à le rentabiliser selon nos propres objectifs.

Car à l'intérieur de cette "Nouvelle Société Globale", aucun individu ayant un potentiel de "Rentabilité" pour nous, ne pourra nous échapper. L'apport constant de la "Technologie Electronique" devra nous assurer de tous les moyens pour ficher, identifier, et contrôler tous les individus des populations de l'Occident. Quant à ceux qui ne représenteront aucune "Rentabilité Exploitable" par nous, nous verrons à ce qu'ils s'éliminent d'eux-mêmes à travers toutes les guerres intestines locales que nous aurons pris soin de faire éclater ici et là en nous ayant servi, et de la "Chute de l'Economie" des Etats-Nations, et des "Oppositions et des Revendications" des divers groupes composant ces mêmes Etats.

Voici donc la manière détaillée par laquelle nous procéderons d'ici 1998 pour paver la route à la naissance de notre "Gouvernement Mondial" :

1. - Décupler la "Société des Loisirs" qui nous a été si profitable à date. En nous servant de l'invention du "Vidéo" que nous avons financé, et des jeux qui lui sont rattachés, finissons de pervertir la morale de la jeunesse. Offrons-lui la possibilité de satisfaire maintenant tous ses instincts. Un être possédé par ses sens, et esclave de ceux-ci, nous le savons, n'a ni idéal, ni force intérieure pour défendre quoi que ce soit. Il est un "Individualiste" par nature, et représente un candidat parfait que nous pouvons modeler aisément selon nos désirs et nos priorités. D'ailleurs, rappelez-vous avec quelle facilité nos prédécesseurs ont pu orienter toute la jeunesse allemande au début du siècle en se servant du désabusement de cette dernière !

2. - Encourager la "Contestation Etudiante" pour toutes les causes rattachées à "l'Ecologie". La protection obligatoire de cette dernière sera un atout majeur le jour où nous aurons poussé les Etats-Nations à échanger leur "Dette Intérieure" contre la perte de 33 % de tous leurs territoires demeurés à l'état sauvage.

3. - Comblons le vide intérieur de cette jeunesse en l'initiant, dès son tout jeune âge, à l'univers des Ordinateurs. Utilisons, pour cela, son système d'éducation. Un esclave au service d'un autre esclave que nous contrôlons.

4. - Sur un autre plan, établissons le "Libre-Echange International" comme étant une priorité absolue pour la survie économique des Etats-Nations. Cette nouvelle conception économique nous aidera à accélérer le déclin des "Nationalistes" de toutes les Nations; à les isoler en factions diverses, et au moment voulu, à les opposer farouchement les uns aux autres dans des guerres intestines qui achèveront de ruiner ces Nations.

5. - Pour nous assurer à tout prix de la réussite d'une telle entreprise, faisons en sorte que nos Agents déjà infiltrés dans les Ministères des Affaires Intergouvernementales et de l'Immigration des Etats-Nations fassent modifier en profondeur les Lois de ces Ministères. Ces modifications viseront essentiellement à ouvrir les portes des pays occidentaux à une immigration de plus en plus massive à l'intérieur de leurs frontières (immigrations que nous aurons d'ailleurs provoquées en ayant pris soin de faire éclater, ici et là, de nouveaux conflits locaux). Par des campagnes de Presse bien orchestrées dans l'opinion publique des Etats-Nations ciblées, nous provoquerons chez celles-ci un afflux important de réfugiés qui aura pour effet, de déstabiliser leur économie intérieure, et de faire augmenter les tensions raciales à l'intérieur de leur territoire. Nous verrons à faire en sorte que des groupes d'extrémistes étrangers fassent partie de ces afflux d'immigrants; ce qui facilitera la déstabilisation politique, économique et sociale des Nations visées.

6. - Ce "Libre-Echange" qui, en réalité, n'en est pas un car il est déjà contrôlé par nous tous au sommet de la hiérarchie économique, noyautons-le en "Trois Commissions Latérales": [celle de l'Asie, celle de l'Amérique, celle de l'Europe]. Il nous apportera la discorde à l'intérieur des Etats Nations par la hausse du chômage relié aux restructurations de nos Multinationales.

7. - Transférons lentement, mais sûrement, nos multinationales dans de nouveaux pays acquis à l'idée de "l'Economie de Marché", tels les pays de l'Est de l'Europe, en Russie et en Chine par exemple. Nous nous fichons bien, pour l'instant, si leur population représente ou non un vaste bassin de nouveaux consommateurs. Ce qui nous intéresse, c'est d'avoir accès, en premier lieu, à une "Main-d'œuvre-Esclave" (à bon marché et non syndiquée) que nous offrent ces pays et ceux du Tiers-monde. D'ailleurs, leurs gouvernements ne sont-ils pas mis en place par nous ? Ne font-ils pas appel à l'aide étrangère, et aux prêts de notre "Fond Monétaire International" et de notre "Banque Mondiale" ? Ces transferts offrent plusieurs avantages pour nous. Ils contribuent à entretenir ces nouvelles populations dans l'illusion d'une "Libération Economique", d'une "Liberté Politique" alors qu'en réalité, nous les dominerons par l'appétit du gain et un endettement dont ils ne pourront jamais s'acquitter. Quant aux populations occidentales, elles seront entretenues dans le rêve du [Bien-Être Economique] car les produits importés de ces pays ne subiront aucune hausse de prix. Par contre, sans qu'elles s'en aperçoivent au début, de plus en plus d'industries seront obligées de fermer leurs portes à cause des transferts que nous aurons effectués hors des pays occidentaux. Ces fermetures augmenteront le chômage, et apporteront des pertes importantes de revenus pour les Etats-Nations.

8. - Ainsi nous mettrons sur pied une "Economie Globale" à l'échelle mondiale qui échappera totalement au contrôle des Etats-Nations. Cette nouvelle économie sera au-dessus de tout; aucune pression politique ou syndicale ne pourra avoir de pouvoir sur elle. Elle dictera ses propres "Politiques Mondiales", et obligera à une réorganisation politique, mais selon nos priorités à l'échelle mondiale.

9. - Par cette "Economie Indépendante" n'ayant de Lois que nos Lois, nous établirons une "Culture de Masse Mondiale". Par le contrôle international de la Télévision, des Médias, nous instituerons une "Nouvelle Culture", mais nivelée, uniforme pour tous, sans qu'aucune "Création" future ne nous échappe. Les artistes futurs seront à notre image ou bien ne pourront survivre. Fini donc ce temps où des "Créations Culturelles Indépendantes" mettaient à tout moment en péril nos projets mondialistes comme cela fut si souvent le cas dans le passé.

10. - Par cette même économie, il nous sera alors possible de nous servir des forces militaires des Etats-Nations (telles celles des Etats-Unis) dans des buts humanitaires. En réalité, ces "Forces" nous serviront à soumettre des pays récalcitrants à notre volonté. Ainsi les pays du Tiers-Monde et d'autres semblables à eux ne pourront pas être en mesure d'échapper à notre volonté de nous servir de leur population comme main-d'œuvre-esclave.

11. - Pour contrôler le marché mondial, nous devrons détourner la productivité de son but premier (libérer l'homme de la dureté du travail). Nous l'orienterons en fonction de la retourner contre l'homme en asservissant ce dernier à notre système économique où il n'aura pas le choix de devenir notre esclave, et même un futur criminel.

12. - Tous ces transferts à l'étranger de nos Multinationales, et la réorganisation mondiale de l'économie auront pour but, entre autres, de faire grimper le chômage dans les pays occidentaux. Cette situation sera d'autant plus réalisable parce qu'au départ, nous aurons privilégié l'importation massive des produits de base à l'intérieur des Etats-Nations et, du même coup, nous aurons surchargé ces Etats par l'emploi exagéré de leur population à la production de services qu'ils ne pourront plus payer. Ces conditions extrêmes multiplieront par millions les masses d'assistés sociaux de tous genres, d'illettrés, de sans abris.

13. - Par des pertes de millions d'emplois dans le secteur primaire; à même les évasions déguisées de capitaux étrangers hors des Etats-Nations, il nous sera ainsi possible de mettre en danger de mort l'harmonie sociale par le spectre de la guerre civile.

14. - Ces manipulations internationales des gouvernements et des populations des Etats-Nations nous fourniront le prétexte d'utiliser notre F.M.I. pour pousser les gouvernements occidentaux à mettre en place des "Budgets d'Austérité" sous le couvercle de la réduction illusoire de leur "Dette Nationale"; de la conservation hypothétique de leur "Cote de Crédit Internationale"; de la préservation impossible de la "Paix Sociale".

15. - Par ces "Mesures Budgétaires d'Urgence", nous briserons ainsi le financement des Etats-Nations pour tous leurs "Méga-Projets" qui représentent une menace directe à notre contrôle mondial de l'économie.

16. - D'ailleurs toutes ces mesures d'austérité nous permettront de briser les volontés nationales de structures modernes dans les domaines de l'Energie, de l'Agriculture, du Transport et des Technologies nouvelles.

17. - Ces mêmes mesures nous offriront l'occasion rêvée d'instaurer notre "Idéologie de la Compétition Economique". Celle-ci se traduira, à l'intérieur des Etats-Nations, par la réduction volontaire des salaires, les départs volontaires avec [Remises de Médailles pour Services rendus]; ce qui nous ouvrira les portes à l'instauration partout de notre "Technologie de Contrôle". Dans cette perspective, tous ces départs seront remplacés par des "Ordinateurs" à notre service.

18. - Ces transformations sociales nous aideront à changer en profondeur la main d'œuvre "Policière et Militaire" des Etats-Nations. Sous le prétexte des nécessités du moment, et sans éveiller de soupçons, nous nous débarrasserons une fois pour toutes de tous les individus ayant une "Conscience Judéo-Chrétienne". Cette "Restructuration des Corps Policiers et Militaires" nous permettra de limoger sans contestation, le personnel âgé, de même que tous les éléments ne véhiculant par nos principes mondialistes. Ceux-ci seront remplacés par de jeunes recrues dépourvues de "Conscience et de Morale", et déjà toutes entraînées, et favorables à l'usage inconsidéré de notre "Technologie de Réseaux Electroniques".

19. - Dans un même temps, et toujours sous le prétexte de "Coupures Budgétaires", nous veillerons au transfert des bases militaires des Etats-Nations vers l'Organisation des Nations Unies.

20. - Dans cette perspective, nous travaillerons à la réorganisation du "Mandat International des Nations-Unies". De "Force de Paix" sans pouvoir décisionnel, nous l'amènerons à devenir une "Force d'Intervention" où seront fondues, en un tout homogène, les forces militaires des Etats-Nations. Ceci nous permettra d'effectuer, sans combat, la démilitarisation de tous ces Etats de manière à ce qu'aucun d'entre eux, dans l'avenir, ne soient suffisamment puissants (indépendants) pour remettre en question notre "Pouvoir Mondial".

21. - Pour accélérer ce processus de transfert, nous impliquerons la force actuelle des Nations Unies dans des conflits impossibles à régler. De cette manière, et avec l'aide des Médias que nous contrôlons, nous montrerons aux populations l'impuissance et l'inutilité de cette "Force" dans sa forme actuelle. La frustration aidant, et poussée à son paroxysme au moment voulu, poussera les populations des Etats-Nations à supplier les instances internationales de former une telle "Force Multi-Nationale" au plus tôt afin de protéger à tout prix la "Paix".

22. - L'apparition prochaine de cette volonté mondiale d'une "Force Militaire Multi-Nationale" ira de pair avec l'instauration, à l'intérieur des Etats-Nations, d'une "Force d'Intervention Multi-Juridictionnelle". Cette combinaison des "Effectifs Policiers et Militaires", créée à même le prétexte de l'augmentation de l'instabilité politique et sociale grandissante à l'intérieur de ces Etats croulant sous le fardeau des problèmes économiques, nous permettra de mieux contrôler les populations occidentales. Ici, l'utilisation à outrance de l'identification et du fichage électronique des individus nous fournira une surveillance complète de toutes les populations visées.

23. - Cette réorganisation policière et militaire intérieure et extérieure des Etats-Nations permettra de faire converger le tout vers l'obligation de la mise en place d'un "Centre Mondial Judiciaire". Ce "Centre" permettra aux différents "Corps Policiers des Etats-Nations" d'avoir rapidement accès à des "Banques de Données" sur tous les individus potentiellement dangereux pour nous sur la planète. L'image d'une meilleure efficacité judiciaire, et les liens de plus en plus étroits créés et entretenus avec le "Militaire", nous aideront à mettre en valeur la nécessité d'un "Tribunal International" doublé d'un "Système Judiciaire Mondial"; l'un pour les affaires civiles et criminelles individuelles, et l'autre pour les Nations.

24. - Au cours de la croissance acceptée par tous de ces nouvelles nécessités, il sera impérieux pour nous de compléter au plus tôt le contrôle mondial des armes à feu à l'intérieur des territoires des Etats-Nations. Pour ce faire, nous accélérerons le "PLAN ALPHA" mis en œuvre au cours des années 60 par certains de nos prédécesseurs.

Ce "Plan" à l'origine visait deux objectifs qui sont demeurés les mêmes encore aujourd'hui: Par l'intervention de "Tireurs fous", créer un climat d'insécurité dans les populations pour amener à un contrôle plus serré des armes à feu. Orienter les actes de violence de manière à en faire porter la responsabilité par des extrémistes religieux, ou des personnes affiliées à des allégeances religieuses de tendance "Traditionnelle", ou encore, des personnes prétendant avoir des communications privilégiées avec Dieu. Aujourd'hui, afin d'accélérer ce "Contrôle des Armes à Feu", nous pourrons utiliser la "Chute des Conditions Economiques" des Etats-Nations qui entraînera avec elle, une déstabilisation complète du Social; donc augmentation de la violence.

Je n'ai pas besoin de vous rappeler, ni de vous démontrer, Frères, les fondements de ce "Contrôle" des armes à feu. Sans celui-ci, il deviendrait presque impossible pour nous de mettre à genoux les populations des Etats visés. Rappelez-vous avec quel succès nos prédécesseurs ont pu contrôler l'Allemagne de 1930 avec les nouvelles "Lois" mises en application à l'époque; Lois d'ailleurs sur lesquelles sont fondées les Lois actuelles des Etats-Nations pour ce même contrôle.

25. - Les dernières "Etapes" se rapportent à la "PHASE OMEGA" expérimentée à partir des expérimentations effectuées au début des années 70. Elles renferment la mise en application, à l'échelle mondiale, des "Armes Electro-Magnétiques". Les "Changements de Climat" entraînant la destruction des récoltes; la faillite dans ces conditions, des terres agricoles; la dénaturation, par moyens artificiels, des produits alimentaires de consommation courante; l'empoisonnement de la nature par une exploitation exagérée et inconsidérée, et l'utilisation massive de produits chimiques dans l'agriculture; tout cela, Frères, mènera à la ruine assurée des industries alimentaires des Etats-Nations.

L'avenir du "Contrôle des Populations" de ces Etats passe obligatoirement par le contrôle absolu, par nous, de la production alimentaire à l'échelle mondiale, et par la prise de contrôle des principales "Routes Alimentaires" de la planète. Pour ce faire, il est nécessaire d'utiliser l'Electro-Magnétique, entre autre, pour déstabiliser les climats des Etats les plus productifs sur le plan agricole. Quant à l'empoisonnement de la nature, elle sera d'autant plus accélérée que l'augmentation des populations l'y poussera sans restriction.

26. - L'utilisation de l'Electro-Magnétique pour provoquer des "Tremblements de Terre" dans les régions industrielles les plus importantes des Etats-Nations contribuera à accélérer la "Chute Economique" des Etats les plus menaçants pour nous; de même qu'à amplifier l'obligation de la mise en place de notre Nouvel Ordre Mondial.

27. - Qui pourra nous soupçonner ? Qui pourra se douter des moyens utilisés ? Ceux qui oseront se dresser contre nous en diffusant de l'information quant à l'existence et au contenu de notre "Conspiration", deviendront suspects aux yeux des autorités de leur Nation et de leur population.

Grâce à la désinformation, au mensonge, à l'hypocrisie et à l'individualisme que nous avons créé au sein des peuples des Etats-Nations, l'Homme est devenu un Ennemi pour l'Homme. Ainsi ces "Individus Indépendants" qui sont des plus dangereux pour nous justement à cause deleur "Liberté", seront considérés par leurs semblables comme étant des ennemis et non des libérateurs.

L'esclavage des enfants, le pillage des richesses du Tiers-Monde, le chômage, la propagande pour la libération de la drogue, l'abrutissement de la jeunesse des Nations, l'idéologie du "Respect de la Liberté Individuelle" diffusée au sein des Eglises Judéo-Chrétiennes et à l'intérieur des Etats-Nations, l'obscurantisme considéré comme une base de la fierté, les conflits inter-ethniques, et notre dernière réalisation: "les Restrictions Budgétaires"; tout cela nous permet enfin de voir l'accomplissement ancestral de notre "Rêve": celui de l'instauration de notre "NOUVEL ORDRE MONDIAL".]

Fin du Document de Fin Juin 1985.]

**Maintenant, vous connaissez le PLANDEMONIUM.**

**Tout ce qui se passe de nos jours (the great reset) n'est que l'avancement du plan en question.**

Et parce que vous le connaissez, vous êtes responsable DE FACTO soit :
- de sa réussite par votre soumission ou/et collaboration tacite (et maintenant consciente) ;
- Ou de son échec par votre rébellion consciente, votre soif de Liberté et de Vérité(s), et des actions que vous réalisez dans la matière.

Il en va de l'avenir du règne du Vivant, de nos enfants et de notre humanité perdue ou retrouvée.

Le choix vous appartient.

De nos jours, ils ne se cachent plus pour faire des réunions aux yeux du public : le forum économique de Davos, Le Diner du Siècle, bref... Le « Great Reset » est « En Marche » !

# PARTIE 4 : LIBÉRATION

Je ne pouvais pas vous mettre le nez dans ce purin sans vous proposer des pistes et les clefs nécessaires à votre libération. Cependant, je ne vous poserai que des questions : votre conscience et votre cœur y répondront le plus justement. Prenez le temps de la réflexion et ouvrez votre cœur…

*« Seule la connaissance, le mépris des lois et des institutions permettront à la créature humaine de rallumer la lumière intérieure avec laquelle elle pourra renouer avec les entités divines issues du monde parfait »*
_ Sophia.

Vaut-il mieux se battre contre « Les Autres », bec et ongles contre le mal dominant avec le peu de moyen dont nous disposons et sachant tout ce que ça engendre ?

Vaut-il mieux construire un autre monde, sans eux, avec l'espoir que « Les Autres » n'y mettent pas leur nez ?

Est-ce que tout ça est réel ? Et qu'est ce que le réel ?

Vivons-nous dans une programmation où le paradis originel à été subtilisé au Créateur afin de nous utiliser ?

Va-t-on se réveiller d'un songe collectif improbable, ou suis-je le seul à rêver de tout ça et rien n'existe ?


…Et si on commençait par :

## Prendre Conscience

S'arrêter, Observer, ressentir… Prendre conscience de ce qui Est, de ce qu'on Est et de ce qu'on ressent, là maintenant, et à chaque fois qu'on le décide. Sans s'attacher au système, à la matrice ou toutes autres pensées, qu'elles soient positives ou négative. Simplement Être.

C'est compliqué quand le programme matriciel est actif, les pensées nous envahissent, les problèmes nous submergent, « on n'a pas le temps »… et pourtant, la reconnexion au Soi Profond est d'une absolue nécessité.

En état méditatif, les réponses affluent, et vous prendriez conscience de ce que vous Êtes réellement : une fractale de la Conscience Universelle interconnectée avec l'immensité des autres fractales elles aussi interconnectées entre elles, formant un flux, une vague, une onde permanente, comme omniprésente et omnipotente…

Vous comprendriez l'étendue du terme amérindien « MitakuyeOyasin » : Nous sommes tous Un : sous entendu tous les éléments de la création : que ce soient les être vivant des différents règnes (animal, végétal, minéral et humain), les Esprits de la Nature, les Esprits des cinq éléments (Air, Eau, Feu, Terre, Ether) et ceux des Anciens, la Pachamama (Terre-mère nourricière), Le Grand Esprit (Créateur), Le Grand Mystère (la Source), voyageant dans le Nagual (terme amérindien pour déterminé le « Facia » « Universel »), sorte de rêve illimité en espace et en temps…

Vous comprendriez aussi que tout cela fait parti d'un plan beaucoup plus grand que ceux annoncés par les « Autres », « le mal est puissant, le Divin est Tout-Puissant » ; inaccessible à notre conception Humaine.

Ne vous méprenez pas : ce n'est pas parce que vous savez que vous êtes sauvés. Vous serez libéré quand vous serez « aligné », sous entendu Terre – Cœur – Tête – Ciel / Etoiles – Créateur – Source.

Notre première action est donc à être en accord avec notre vision du monde matériel et ce qu'on y fait -> s'aimer et aimer -> maitriser l'ego -> connexion au subtil -> connexion au Divin -> et enfin la connexion au Grand Tout.

Jusqu'à comprendre que même ça, c'est connecté à un égrégore. Apprendre à se connecter aux égrégores, comme on connecte un appareil en Wi-Fi, conscientiser lesquels on nourri, et enfin savoir les créer et les utiliser pour nous libérer de l'emprise des Archontes et de leur matrice.

On n'aura pas besoin de tout le monde, d'ailleurs beaucoup sont perdu, cette Création l'est aussi. Et en prendre conscience c'est aussi accepter cette possibilité et donc y faire face dans la dignité et avec bienveillance.

De nos jours, ceux qui perpétuent encore Le Mal sont les PO et « Les Autres ». Dans la matière, « Les Autres » nous ont déclaré la guerre, pas ouvertement car beaucoup les croient humains et donc doués de conneries (car l'erreur est humaine). Grave erreur :

> « Ne leur pardonnez pas, ils savent très bien ce qu'ils font »
> _ Claire Séverac

> « En France, ce sont des gens diabolique qui prennent de la cocaïne et qui font nos lois... »
> _Gérard Fauré

> « Tout ce qu'ils veulent c'est que nous continuions à nous entretuer. »
> _Bob Marley

Depuis pas mal de temps ils nous préviennent, et nous n'avons pas écouté les messages. Nous avons laissé leur plan avancer, par notre bêtise et notre ignorance programmée.

Il est temps de nous déprogrammer de façon individuelle, le reste suivra.

*« Les êtres humains sont dans une quête de conscience qui a été momentanément interrompue par des forces étrangères. »*
_ Carlos Castaneda.

## Les évangiles gnostiques de Nag Hammadi et leurs secrets :

En 1945 furent déterrés accidentellement par des paysans, une cinquantaine de traités religieux et philosophiques, rassemblés en 12 « codex », cachés il y a 1600 ans dans une fosse, non loin de Nag Hammadi, un village de haute Égypte. Il s'agissait d'une véritable bibliothèque, d'une superbe collection de papyrus et de parchemins révélant des Évangiles et des Ecrits philosophiques écrits en copte, la langue parlée par les Chrétiens d'Égypte. Ces traités probablement des copies des originaux, rédigés en grec, datant des $2^{ème}$, $3^{ème}$ et $4^{ème}$ siècles. 1200 pages conservées au musée copte du Caire. Ils furent condamnés comme hérétiques, c'est pour cela qu'ils furent cachés.

Un Christ bien différent de celui des Écritures de la Bible. Il n'est pas venu pour nous sauver de nos péchés mais pour nous ouvrir la porte menant à l'illumination. Il n'y est pas question de repentance, de confession mais d'un cheminement intérieur par lequel chaque être humain peut prétendre à l'éveil libérateur. Jésus dit entre autre à Thomas qu'il est son égal, qu'ils ont tous les deux reçus la vie du même Être Suprême et qu'ils proviennent de la même source.

Ces Ecrits relatent une toute autre version de la création et de l'origine de l'homme qui est soumis à l'autorité d'un mauvais démiurge qui avait fait de lui un esclave perdu dans un monde de violences, de perversités et de cruauté qui n'aurait jamais dû voir le jour. Le vrai challenge de l'humanité : Se défendre contre les puissances maléfiques qui dirigent le monde dans l'ombre et qui ont pris possession de la terre.

*« Le mal est un ensemble de règles naturelles, fonctionnant à l'unisson et qui a créé en nous les pulsions les plus viles. Ces pulsions font partie d'un processus dont la Nature se sert pour créer. »*

La Nature n'abhorre pas le mal, elle l'intègre. Elle l'utilise pour construire avec lui, elle conduit le monde humain vers des niveaux supérieurs d'organisation, de complexité et de « pouvoir ». La nature est fondamentalement perverse. "Tuer n'est pas une invention de l'homme mais de la Nature", dans un immense effort de survie. "Le mal est dans nos gênes, notre ADN, nos cellules. Il est intégré à notre structure biologique fondamentale. Chacun naît avec un arsenal de destruction, une sorte de mécanisme qui nous pousse parfois au suicide ou à l'automutilation. Nos cellules comportent aussi dans leur patrimoine génétique, un programme autodestructeur, celui de la mort cellulaire qui les programme à vieillir et à cesser de fonctionner.

*« Le Père nous a délivré de l'autorité des ténèbres pour nous transporter dans le royaume de son Fils bien aimé [..]. Ce n'est pas contre la chair et le sang que nous luttons, mais contre les principats, contre les autorités, contre les pouvoirs de ce monde de ténèbres, contre les puissances spirituelles mauvaises qui sont dans les lieux célestes ».*
\_ Saint Paul

## L'Hypostase des Archontes :

Le chef des puissants est Samaël qui pour (ou par) sa vanité et son arrogance, déclara "*Il n'y a pas d'autre dieu que moi*". Il est qualifié dans le texte de "Dieu des Aveugles".

[A l'origine, le monde visible fut créé à la ressemblance du monde invisible et caché. Le Créateur du grand tout, celui que nous appelons le "Père" est androgyne. Il possède deux polarités, une masculine et une féminine. La partie femelle porte le nom de Sophia (ou Sofia). Déité directement reliée à la perfection. Sophia aurait normalement dû toujours agir de concert avec la contrepartie masculine à laquelle elle était attachée, mais elle désira comprendre plus profondément l'Éternel et commis une erreur fatale et irréparable : tentant d'imiter son pouvoir créateur, elle se sépara de son principe masculin et tomba du plérôme (plénitude), c'est à dire du Royaume de Dieu. Elle fût précipitée dans le monde des abysses.

Là, du fait de sa puissance, elle enfanta une créature bâtarde, un être monstrueux, un avorton, à visage de lion et son corps de serpent et ses yeux étaient pareils à des éclairs lançant des flammes, un être fou d'orgueil, malicieux et vil: Ia ldabapoth/Saclas (l'idiot) devint le premier Archonte.
Il donna naissance à d'autres éons, à des autorités subalternes et à douze anges (les douze signes du zodiaque): Athôt, harmas, Galila-Omri, Iabêl, adonaï, Sabaôth, Kaïnan-Kassine, Abrisène, Iôbêl, Armoupiaël, Melkheir, Adônine et Bélias. Il plaça dans les 7 cieux, sept rois (7 planètes) La folie qui anima le Grand Archonte lui fit déclarer: " *Je suis Dieu et il n'y a pas d'autres Dieu à par moi*". Les Archontes créèrent 7 puissances et ces dernières engendrèrent 365 anges. Saclas réaffirma à l'ensemble de ses créatures: "*Je suis un Dieu jaloux et il n'y a pas d'autre Dieu que moi*".

Lorsque Saclas vit Eve briller de tous ses feux, il la désira, la séduisit et donna naissance à deux enfants: Elohim le juste et Yhavé l'injuste. Le Grand Archonte fit dépendre Elohim de l'eau et de la terre, et Yahvé, du feu et de l'air. Il appela Elohim: Abel, et Yahvé: Caïn.

Jésus dit : « *Et tous les Archontes commirent tous ensemble l'adutère avec Sophia (Eve), et la vile fatalité fut engendré par eux: c'est la dernière de leurs épouvantables alliances, l'alliance par laquelle, ils se montrent hardis les uns envers les autres. Et celle ci est plus dure plus forte que celle par laquelle sont unis les dieux et les anges et les démons et toutes les générations jusqu'à ce jour. C'est de la fatalité que sont provenus tous les péchés et injustices et les blasphèmes, ainsi que les chaînes de l'oubli et de l'ignorance, et toutes les décisions difficiles à prendre et les péchés graves, et les grandes terreurs.*
*C'est ainsi toute la création a été aveuglée, en sorte qu'on ne fut capable de connaître le Dieu qui est au dessus d'eux tous. Et à cause des chaînes de l'oubli, les péchés furent dissimulés. Et le grand Archonte regretta tout ce qui était venu par lui à l'existence. Alors, il résolut de submerger par le déluge l'œuvre des hommes. Mais la grandeur de la lumière de la Gnose informa Noé qui le fit savoir à tous les fils d'hommes* ».

Les Archontes envoyèrent alors leurs anges, transformés pour la circonstance chez les filles des hommes survivants qui s'étaient réfugiés avec Noé, afin qu'ils les engrossent. Ces anges apportèrent aux hommes des métaux précieux. Ils prirent des femmes et engendrèrent des fils des ténèbres à leurs images et ainsi, toute la Création fut asservie depuis toujours, depuis l'édification du monde jusqu'à maintenant.

La création, ce Saclas, eut lieu 5.000 ans après la première Création: de la nuée de la grande lumière, de la puissance vivante d'Adamas, apparut le premier homme, l'incorruptible à partir duquel et en lequel tout est venu. L'homme vint à l'existence par un mot. Il faisait partie de la race dite des incorruptibles dont Seth fut un descendant direct. Cinq mille ans plus tard, naissait le grand Archonte malfaisant Saclas, de même que son grand démon Nibrouel. Saclas créa des anges pour gérer ses mondes. Deux descendances, une dégénérée qui désire le démon et qui sera détruite et l'autre, celle d'Adamas et du grand Seth (qui donnera plus tard: Melchisédech) puis le Christ qui est comme un soleil. Vint le déluge qui tenta d'effacer toute trace de cette race corrompue par la faute de laquelle les famines et les calamités s'abattaient sur le monde.

Seth s'aperçut des activités du diable et des ses plans contre la race des incorruptibles alors surgirent quatre cents anges éthérés chargés de protéger la grande race, jusqu'à la disparition du grand Archonte maléfique et de ses légions. L'homme de la première genèse fut créé par le Verbe pur, le second fut fabriqué par le mauvais démiurge à partir d'éléments matériels. Il existait à l'origine deux races distinctes d'êtres humains.

Le but du diable sur cette terre est de détruire la première grande race et de l'empêcher de retourner vers son Dieu créateur, probablement par pure jalousie, car en elle repose une part de la lumière divine qui lui fait défaut.

Sabaoto (ou Samaël) Dans sa folie de vouloir égaler la puissance divine Sophia, créa une aberration, un être abject. Une fois engendré, le fils avorton de Sophia (androgyne) aperçut devant lui l'univers vaste et étendu. Il devint arrogant et dit *"Moi, je suis Dieu et il n'y a pas d'autre que moi"*. L'Archonte orgueilleux se bâtit un monde d'une grandeur sans limite (notre univers) puis décida de susciter de lui des enfants. Il créa sept androgynes puis leur dit " *Je suis le Dieu du tout"* Il engendra aussi une multitude d'enfants maléfiques, les archontes (ou démons) qui peuplèrent désormais les mondes de la matière d'où ils étaient issus.

Lorsque le vrai Dieu "L'incorruptible" abaissa son regard vers la région des eaux *"en vue d'unir, selon la volonté du Père, le Tout à la lumière"*, son image se refléta et les Archontes (puissances des ténèbres) en devinrent amoureux. Ces faux démiurges androgynes réussirent, on ne sait comment, à capter l'image parfaite de l'homme se trouvant de l'autre côté du voile et désirèrent de créer un homme d'après l'image parfaite aperçu sur l'eau. Les Archontes dirent *"Allons, faisons un homme qui soit de la poussière de la terre"*. Ayant pris de la terre, ils modelèrent un homme d'après leur propre corps (avorton animal), à la ressemblance de l'image du dieu qui leur était apparue dans les eaux.

Toutefois, étant donné une imprécision de fabrication, leur créature ne parvenait pas à se tenir debout. Dans leur maladresse, ils créèrent un monstre, une créature hybride mi humaine, mi amphibienne, mi reptilienne qui annonça le règne des premiers animaux sur terre. Alors Dieu eut pitié d'elle et souffla dans son visage: "L'Esprit de Dieu aperçu l'homme sur le sol pourvu d'une âme. Il descendit et vint en lui, et l'homme devint une âme vivante.

Il lui donna le nom d'Adam parce qu'il l'avait trouvé rampant sur la terre. L'homme se mit debout et parla. Bien qu'issu d'une sorte de création génétique des Archontes, l'homme était différent d'eux car l'étincelle de vie et d'intelligence lui avait été donnée par le vrai Dieu.

Les Archontes placèrent Adam dans le jardin d'Eden pour qu'il la cultive, en lui interdisant de manger à l'arbre de la connaissance du bien et du mal, lui prédisant la mort s'il essayait. Quelques temps après, ils se concertèrent et décidèrent de faire tomber Adam dans un profond sommeil, pendant qu'ils tranchaient dans son côté et qu'ils faisaient apparaître une femme. Puis, ils reconstituèrent le côté en mettant de la chair à la place. Quand les Archontes virent la contre partie féminine d'Adam, un grand émoi les saisit et ils la désirèrent. Ils se dirent l'un à l'autre " Allons! Jetons en elle notre semence et ils la poursuivirent. Ils provoquèrent eux mêmes leur propre condamnation.

C'est alors que le principe féminin de Dieu, Sophia, s'introduisit dans le serpent instructeur et dis à la première femme :
" *Vous ne périrez pas de mort (si vous touchez au fruit de l'arbre) C'est par jalousie qu'on vous a dit cela. Au contraire, vos yeux s'ouvriront et vous deviendrez comme les dieux, distinguant le bien et le mal*"

La femme mangea le fruit défendu puis en donna à son mari. S'apercevant de leur désobéissance, le grand Archonte Samaël maudit la femme et le serpent. Il chassa le couple hors du verger et le tourmenta par de grandes tribulations et une vie pleine de soucis, afin que l'humanité soit accaparée par la vie matérielle et n'ait pas la possibilité de se consacrer à l'Esprit Saint. Naissance de leur descendance: Caïn, et Abel, Seth et Noréa.

Cette dernière ne fut pas souillée par les Archontes. Alors qu'ils venaient à sa rencontre, avec l'intention de l'abuser, Samaël lui dit " *Ève, ta mère, est venue à nous*" Mais Noréa, se tournant vers eux, leur dit " *C'est vous qui êtes les gouverneurs des ténèbres ? Vous êtes maudits! Je ne suis pas issue de vous: c'est, bien au contraire, du monde d'en haut que je suis venue*".

L'Archonte arrogant fit appel à tout son pouvoir et lui dit "*Il te faut nous rendre service (comme l'a fait) ta mère Eve*". Mais Noréa, qui n'était pas un produit des Archontes, mais une fille issue directement de la lumière du Père primordial, au même titre que son frère Seth, demanda assistance et protection au grand Créateur, au Dieu du Tout. "*Protège moi des Archontes d'iniquité et sauve moi de leur emprise*". Alors l'ange Eleleêth, l'un des quatre Illuminateurs qui se tiennent debout en présence du Grand Esprit invisible lui dit: "*J'ai été envoyé pour m'entretenir avec toi et pour te délivrer des griffes de ceux qui sont sans loi. Et je te ferai connaître tes racines*".

A la demande de Noréa, l'ange lui expliqua alors comment les Archontes avaient été créés. L'un des sept fils de Samaël condamna les œuvres de son père, alors, Sophia et sa fille Zoé l'enlevèrent pour l'établir au septième ciel. Il prit le nom de "Dieu des forces" et se fabriqua un grand char à quatre faces de chérubins, et pour l'assister, créa de nombreux anges. Zoé et Sophia lui enseignèrent les mystères des mondes d'en haut. Ce fils issu du sombre Samaël fut réhabilité sous le nom de Sabaôth, en qualité de second dieu, maître des sept cieux du monde d'en bas, de leurs puissances et de leurs anges (visions d'Isaïe et d'Ezéchiel).

Le Dieu Créateur se trouva ainsi divisé en deux personnages. Pour avoir dit "*Je suis Dieu et il n'en est pas d'autres*". Sa partie négative fut précipitée dans le Tartare. On l'identifia plus tard à Satan, l'accusateur public du malheureux Job dans la Bible. Puis, le petit fonctionnaire prit du galon et devint le diable, le Prince de ce monde, qui continue à régner en despote absolu sur la terre.

Annonce par l'ange Elelêth de l'arrivée d'un homme vrai: Le Christ qui les instruira de toutes choses, les affranchira de la pensée aveugle de Samaël/Satan et leur montrera comment vaincre la puissance des Archontes véritables créateurs de l'humanité et uniques responsables de la souffrance existentielle de l'homme.
« *Seule la connaissance, le mépris des lois et des institutions permettront à la créature humaine de rallumer la lumière intérieure avec laquelle elle pourra renouer avec les entités divines issues du monde parfait* » : Barbèhlô/Epinoïa, la mère céleste, la Sophia de l'Hypostase des Archontes.

De l'union de la partie féminine de Dieu Sophia et de l'Esprit Saint virginal et invisible: le Père, l'aspect masculin de Dieu. Il est né un Fils, le Christ appelé l'Autogène. Mais Sophia engendre aussi un autre être, sans le secours du Père. Il s'agit de Ialdabaoth (Samaël) qui crée des entités pour le servir ainsi que le monde matériel. Une faute de l'aspect féminin de Dieu est à l'origine du monde matériel, c'est à dire du mal. Et cet Archonte maléfique est présenté comme étant le demi-frère du Christ...]

_ auteur inconnu,
Synthèse des Evangiles Gnostiques de Nag Hammadi, Egypte.

# Le blé et l'ivraie

La parabole de l'Évangile (Mt 13, 24 – 43) sur le blé est l'ivraie est d'une cruelle vérité :

[ (Jésus) *leur proposa une autre parabole, en disant : « Le royaume des cieux est semblable à un homme qui avait semé du bon grain dans son champ. Mais, pendant que les gens dormaient, son ennemi vint et sema de l'ivraie au milieu du blé, et s'en alla. Quand l'herbe eut poussé et donné son fruit, alors apparut aussi l'ivraie. Et les serviteurs du maître de maison vinrent lui dire : Seigneur, n'as-tu pas semé du bon grain dans ton champ ? D'où vient donc qu'il s'y trouve de l'ivraie ? Il leur répondit : C'est un ennemi qui a fait cela. Les serviteurs lui dirent : Veux-tu que nous allions la cueillir ? Non, leur dit-il, de peur qu'avec l'ivraie vous n'arrachiez aussi le blé. Laissez croître l'un et l'autre jusqu'à la moisson et, au temps de la moisson, je dirai aux moissonneurs : Cueillez d'abord l'ivraie et liez-la en gerbes pour la brûler, puis amassez le blé dans mon grenier. »* ]

Puis, plus loin dans ce même Evangile :

[ *Puis, ayant renvoyé le peuple, il revient dans la maison. Ses disciples s'approchèrent et lui dirent : « Explique-nous la parabole de l'ivraie dans le champ. » Il répondit : « Celui qui sème le bon grain, c'est le Fils de l'homme ; le champ, c'est le monde ; le bon grain, ce sont les fils du royaume ; l'ivraie, les fils du Malin ; l'ennemi qui l'a semé, c'est le diable ; la moisson, la fin du monde ; les moissonneurs, ce sont les anges. Comme on cueille l'ivraie et qu'on la brûle dans le feu, ainsi en sera-t-il à la fin du monde. Le Fils de l'homme enverra ses anges, et ils enlèveront de son royaume tous les fauteurs de scandales, et ceux qui commettent l'iniquité, et ils les jetteront dans la fournaise ardente : c'est là qu'il y aura des pleurs et des grincements de dents. Alors les justes resplendiront comme le soleil dans le royaume de leur Père. Que celui qui a des oreilles entende! »* ]

Séparer le Blé de l'Ivraie, on en est là. Le plan est implacable, il ira au bout, même dénoncé, dévoilé... Dans le grand mal de notre temps, le plan des Archontes aidés des « Autres » se déroule à merveille.

Cependant, la Loi Universelle de la Polarité (ou équilibre) est mise à contribution dans ce lourd challenge qu'est l'avenir du monde : plus le mal accélère, plus l'éveil est rapide, et parfois violent.

A n'en pas douter, il existe deux lectures de ce qu'il se passe actuellement et de la transition que nous vivons tous : la première lecture est que le plan obscur des « Autres » avance sans faille, exécutant les moindres étapes qui ont été cités précédemment dans cet ouvrage, organisant la destruction du vivant en nourrissant les égrégores de souffrances, véritables mets pour les Archontes... La deuxième lecture nous permet aussi de voir de nos yeux ce qui est : le mal travaille pour le bien, et provoque « l'éveil ».

La lumière crée l'ombre, mais l'ombre ne crée pas la lumière. Sans lumière, l'ombre ne serait que l'obscurité la plus totale, le néant. Et dans le néant, rien ne pousse, rien ne vit, rien ne se crée. Le néant est tout simplement un état sans ombre et sans lumière... Et c'est de cet état que nous devons nous rapprocher individuellement pour comprendre ce que l'on vit actuellement.

Cet état nous permet de ne plus juger, ne plus prendre parti, mais simplement de voir et de comprendre la pièce de théâtre dans laquelle on tente de nous forcer à jouer, nous faisant endosser les rôles de bourreaux, victimes, et sauveurs tour à tour, mené par notre ego et notre mental...

Mais quand on observe ce qui est, avec toute l'analyse faite précédemment, on s'aperçoit que le PLANDEMONIUM n'est qu'une partie du plan divin, qui lui est parfait. Nos existences individuelles ne sont pas réellement importantes à l'échelle infinie du Grand Tout, elles ne sont que de la « nourriture ».

Le seul choix qu'on ait est de savoir en conscience ce qu'on nourrit, et ce qui nous nourris. Tout le reste n'est que du vampirisme, sous toutes ses formes, et surtout les plus immondes.

Vous qui êtes arrivé jusqu'ici, vous faites parti des « justes », des lumières qui éclairent ce monde.

Vous êtes l'expression du divin dans la matière, et à ce titre votre simple existence est déjà une plaie pour les forces obscures. Alors vivez heureux, aimez et transmettez vos vérités. Le mal n'est pas un obstacle, sauf si on le définit ainsi.

Il ne faudra pas oublier tout ceci pour éviter de revenir…

## DOCUMENTS, ANNEXES & OUTILS

### Les 14 Lois Universelles

Les lois universelles ou loi de l'univers nous régentent dans les domaines spirituel et énergétique. Elles s'opposent aux lois physiques qui constituent notre réalité physique : gravitation et électromagnétisme. Les lois universelles contribuent à notre évolution et à l'obtention d'une certaine harmonie. Elles nous aident à mieux comprendre le monde qui nous entoure et participent à notre éducation spirituelle en découvrant les grands mystères de la vie.

Les lois de l'univers nous éclairent sur les actes que l'on a mal faits dans le but d'en prendre conscience et d'opter pour des comportements adaptés à ces lois. L'objectif de ces loi est de nous enseigner à vivre en parfaite harmonie avec les principes universels.

**1. La loi de l'unité divine :** Ce principe se rapproche de l'effet papillon, le concept selon lequel les petites causes ont de grandes conséquences. Dans l'Univers, tout est connecté. À chaque instant de notre vie, nos pensées, nos actions et nos dires affectent notre entourage. Tout est énergie, et toute énergie est l'extension d'Une source d'énergie principale, Dieu, Le Créateur, La Source…

**2. La loi de vibration :** Cette seconde loi stipule que toute chose dans l'Univers, vibre et se déplace selon un modèle circulaire. Chaque son, chaque pensée, chaque image a sa propre fréquence. Tout comme on calcule les ondes émises par le soleil, on peut mesurer la fréquence des pensées, des désirs et des émotions qui vous caractérise grâce à ce motif circulaire.

**3. La loi de l'action :** Cette loi doit être appliquée pour manifester tout ce que vous voulez sur Terre. C'est ainsi que vous devez agir et vous engager dans des activités qui s'alignent avec vos objectifs. Sinon, ces derniers resteront à jamais des rêves ou des pures fantaisies. La foi ne suffit pas si on ne l'accompagne pas de l'action nécessaire. « *Aides-toi, et le ciel t'aidera* »

**4. La loi des correspondances :** Le monde physique et ses lois sont des manifestations du monde spirituel. Ce qui se passe à l'extérieur a d'abord existé à l'intérieur. C'est notamment la raison pour laquelle celui qui maîtrise son esprit peut créer intentionnellement ses expériences physiques. Quelqu'un d'intérieurement négatif, en colère, jaloux ou malheureux, reflète cette négativité autour de lui. Au contraire, quelqu'un rempli de joie, heureux, enthousiaste, contaminera son entourage de cette positivité.

**5. La loi de cause à effets :** Connue aussi sous le nom de loi du karma, cette loi précise que rien ne se produit par hasard. Toute action est accompagnée d'une réaction ou d'une conséquence. De façon immédiate ou quelque temps plus tard, on récolte toujours ce que l'on sème.

**6. La loi de compensation** : Pour comprendre ce principe, imaginez la loi de cause à effets, mais appliquée aux bénédictions et à l'abondance qui vous sont données. Le bien que vous faites autour de vous reviendra sous différentes formes. La compensation est à la hauteur de votre contribution, donc en faisant plus que ce qui est demandé, vous serez grandement récompensé.

**7. La loi de l'attraction :** Sans doute la loi la plus commune de toutes. Par la force de vos pensées, vous attirez des choses ou des personnes particulières dans votre vie. Tout ce que vous dites, pensez ou ressentez attire des énergies. Négatives ou positives, à vous de voir.

**8. La loi de transmutation de l'énergie :** Selon cette loi, vous avez le pouvoir de passer d'une forme d'énergie à une autre à n'importe quel moment : chaque individu est donc en mesure de changer sa condition de vie. En outre, vos pensées positives font disparaître vos pensées négatives. Il suffit de se concentrer sur ce que vous voulez.

**9. La loi de la gestation ;** Autrement appelée la loi du timing divin, ce principe énonce que la réalisation de toute chose nécessite du temps. Il faut attendre avant qu'une plante devienne un arbre. Il faut une période de gestation avant qu'un enfant vienne au monde. De même, chacune de nos pensées, mots, émotions et actions sont des graines. Une fois bien nourrie de votre attention et de vos actions, ces graines germeront sous forme de situations et de circonstances de vie.

**10. La loi de la relativité :** Nous traverserons tous des épreuves dans nos vies. Des tests, qui auront pour but de renforcer notre lumière intérieure. Ces derniers doivent être perçus comme des opportunités qui nous permettent de rester éveillés en cherchant des solutions. Cette loi nous apprend aussi à comparer nos difficultés à celles des autres. Aussi dramatique que semble être votre vie, il y a toujours quelqu'un dans le monde qui est dans une situation pire que la vôtre.

**11. La loi de la polarité :** Dans la vie, tout a un contraire. Il ne peut y avoir de chaud sans le froid. Il ne peut y avoir de hauts sans bas. De même, il ne peut y avoir de bonheur sans malheur. Cependant vous avez entièrement le choix de ce que vous souhaitez manifester en y accordant votre attention et votre énergie. Ce sur quoi vous choisirez de vous concentrer se développera pendant que son contraire disparaîtra.

**12. La loi du rythme :** Tout bouge à un certain rythme, il suffit d'observer la nature pour le comprendre. Dans ce champ rythmique spectaculaire, la Terre à ses cycles. Les marées des océans ont un temps pour être hautes et un autre pour être basses. Aussi, des rythmes établissent les saisons ou encore les étapes du développement des êtres vivants.

**13. La loi de croyance :** Vos émotions, vos convictions et tout ce que vous acceptez comme *vrai* par vos pensées deviennent votre réalité. Même si quelque chose s'avère être faux, votre imagination prend le dessus sur la réalité si vous croyez dur comme fer à ce que vous avancez. Attention à ce principe qui peut être limitant, c'est ainsi que « Les Autres » nous manipulent et créent au travers de nos émotions !

**14. La loi du genre :** Cette dernière loi stipule que tout a son principe masculin (*yang*) et son principe féminin (*yin*), c'est la base de toute création. Derrière chaque grand homme se cache une grande femme, et inversement. Le principe masculin est assimilé à la logique, à la virilité tandis que le principe féminin est associé à l'intuition et à la sensibilité. Ces deux principes doivent être équilibrés car l'un ne peut exister sans l'autre...

## Le Droit Naturel

Les règles de droit contenues dans les Lois, les Décrets et les règlements, celles qui sont tirées des acquis de la jurisprudence et des travaux de la doctrine appartiennent au "Droit Positif" : c'est le Système (dit) légal en vigueur.

Le Droit Naturel s'oppose au Droit Positif, qui est modifié en fonction de l'évolution des mœurs. Le Droit Naturel est l'ensemble des Droits que chaque individu possède du fait de son appartenance à l'humanité et non du fait de la société dans laquelle il vit. Le Droit Naturel, qui comprend notamment, le Droit à la Vie, et à la (bonne) Santé, le Droit à la Liberté, Droit de Consentir (ou ne pas), comme le Droit de Propriété ; il est inhérent à l'humanité, universel et inaltérable, alors même qu'il n'existe aucun moyen concret de le faire respecter. Le système légal se charge de vous faire payer vos Droits Naturels. Et pour payer, il faut de l'argent et donc se mettre en esclavage…

Le renard, créature légitime, Ô combien magnifique et utile, ne jouit pas de ses Droits Naturels puisque classé comme « nuisible » et traqué par le système légal.

L'humain ne jouit pas non plus de ses Droits Naturels puisqu'il doit les payer pour vivre… Rappelons aussi que dans le droit français l'être humain n'existe pas, seules comptent les « personnes ».

Dois-je rappeler ici a quel point nous sommes empoisonnés par les autres ?

D'ailleurs, ils payent quoi, « Les Autres » ?...

## La Dignité du Vivant

C'est un principe de Vie se basant sur le fait que nous (sous entendu les Êtres Vivant, les humains conscients et respirant mais aussi les animaux, les végétaux et les minéraux) venons tous du même endroit : La Source. A ce titre, nous nous devons tous mutuellement un respect inconditionnel puisque chaque Un est une fractale de l'Univers tout entier. Et donc notre existence doit être bienveillante envers toutes les créatures et les création de la Création, et donc du Créateur et par extension, La Source. Pour le peu qu'elles le soient également. Ce principe bannit toutes formes d'exploitations destructrices du règne du Vivant.

« *Nous passons notre existence profondément ancrés dans notre individualité* (individu-dualité) *comme des gouttes d'eau éparpillées, alors qu'en réalité Nous sommes l'Océan tout entier !* »
_ Samuel S

« *Il se peut que parmi les gouttes d'eau se cachent des gouttes d'huile...* »
_ Cœur De Lion

## La Déclaration de Sécession Individuelle
### Préambule

Les êtres vivants doués de conscience sont des êtres sociaux qui vivent en communauté selon des principes généraux qui leur permettent de vivre sainement, tout en respectant la dignité de l'ensemble avec une protection des plus faibles.
Considérant que les êtres vivants doués de conscience appelés êtres humains sont des entités uniques et indivisibles,

Considérant que la résistance à l'oppression face à un système représentatif qui ne représente plus l'ensemble est un devoir inhérent à la nature même de l'Être Vivant appelé Humain,

Considérant, au vu de La Loi, que la résistance à l'oppression ne peut être considérée qu'à la connaissance de la nature indivisible de l'Être Humain à travers sa Conscience intrinsèque liée à son Existence multidimensionnelle,

Considérant la science de l'Univers et la Création de la Vie elle-même,

## AFFIDAVIT

Je, l'Être Vivant nommé                              , digne représentant de la Création Universelle et membre de la grande famille humaine sans distinction de race ni de culture, déclare ma souveraineté individuelle et invoque la résistance à l'oppression concernant les faits suivants:

1) Le gouvernement de la Nation française ne représente plus :
- Ni mes propres intérêts,

- Ni ma voix devant l'ensemble de la communauté internationale aux vues des collusions multiples et répétées avec des structures commerciales ayant eu pour conséquence une baisse drastique de ma qualité de vie,
- Ni ma conscience en tant qu'être vivant, représentant et partie indivisible de l'Univers.

2) La pseudo « crise sanitaire » met fin à la Constitution de la République DE FACTO privant toute la Nation de la possibilité de se défendre en droit dans des conditions concrètes qui forment « l'État de Droit ».

3) Le gouvernement et les institutions qui en découlent détruisent l'État et toutes les structures défendues par nos anciens, aux vues des disproportions des actions menées face à la crise, aucune entente avec le Peuple des êtres vivants et conscients sur le sol français n'est possible en ces conditions.

4) Aucune Constitution de quelconque système républicain ne peut se prévaloir de ses turpitudes, le code de moral universel Français étant représenté par la Déclaration des Droits de l'Homme et du Citoyen de 1789 dans ce système de Droit, les anciens ont établi que nulle société ne peut se prévaloir d'un système constitutionnel si celui-ci ne garantit pas les libertés ni la séparation des pouvoirs.(article 16 de la DDHC, art.15 et 16 de la décision 81-132 dc du Conseil Constitutionnel).

5) Le but de toute association politique est la préservation des droits naturels et imprescriptibles de l'Homme, défini ici comme l'Être Vivant indivisible doué de conscience et d'esprit (art.2 de la DDHC). La Conscience de chacun ne peut être soumise à quelconque jugement basé sur une loi qui ne respecte pas la nature absolue de l'Être qui use de sa conscience pour promouvoir la Vie et toutes les valeurs intrinsèques de l'ensemble du Vivant.

6) Le principe d'égalité étant le fondement de la création du système de Droit à travers la personnalité juridique (principe général du droit), aucune société ne peut assurer de sa constitutionnalité si elle finit par faire des différences et là en l'occurrence, sur des raisons de santé ou de choix par rapport à un traitement quelconque.

7) La Loi n'est pas parfaite, elle est en perpétuel changement et doit s'adapter à l'évolution, à l'éveil des êtres vivants. De ce fait, rien ne peut décemment empêcher sous prétexte de la Loi un être vivant qui agit en cohérence avec sa conscience et bienveillance envers son ensemble car la Loi a toujours, du fait de son principe, un temps de retard face à l'esprit d'un individu.

8) Tous les peuples de la Terre ont le droit de constater du bien fondé du système politique qui gère l'État et, le cas échéant, ont la possibilité voire le devoir de changer ce système quand il est manifestement constaté que ce système politique ne représente plus l'intérêt des peuples constitués d'êtres vivants dotés de conscience, de Libre-Arbitre (art.1er commun aux deux pactes internationaux de 1966).

En conséquence et pour toutes ces raisons, étant un Être doué de Conscience et d'Amour pour l'ensemble des êtres vivants sur cette Terre, je fais sécession en Âme et Conscience avec la 5ème République française et toute institution qui ferait en sorte de vouloir pervertir mes actions par des décisions qui vont à l'encontre de la protection des êtres vivants et des plus faibles de ce monde.

Je suis incorruptible et ne me soumets à aucune fausse autorité usant d'une quelconque force de contrainte, de moyens de coercition pour obtenir mon consentement à prendre des décisions qui vont à l'encontre de mes principes ou de la Dignité des êtres vivants sur le sol de France.

En Conclusion,

Je, l'Être Vivant nommé                              , me déclare sous mon droit autonome (SUI JURIS) pour toutes les raisons invoquées dans ce document.

J'affirme ainsi en toute Âme et Conscience être responsable de mes propres actes et décisions non seulement pour assumer mon devoir humain de résistance à l'oppression mais aussi dans le but de protéger toutes les autres espèces vivantes mises en danger par cette nouvelle forme de prédation institutionnelle appelée ultralibéralisme, où l'être vivant est considéré comme une valeur marchande dépendant des biens corporels.

Par cette déclaration je réaffirme par ma Conscience la primauté du Vivant et la considération de sa Dignité au dessus de toute autre considération : c'est avec ce seul principe que je fais le choix de vivre et d'agir.

Cette décision est prise en Âme et Conscience, elle est immuable et irréfutable. A partir de ce moment, plus aucune juridiction ni pseudo autorité n'a de pouvoir ou de contrôle sur mes Choix qui sont Sacrés et non négociables.
 La Vie Est et Je Suis.

AUTOGRAPHUM :

MATER LIBERA DE MARI :

TESTES VIVI :

# Déclaration de Sécession Du Peuple de France et de tout autre Peuple Libre

**Nous, le Peuple**; sommes réunis et avons pris connaissance des points divergents avec la corporation France Présidence, à savoir :

1- La mise en esclavage systémique de chaque PERSONNE et demandeur d'asile sur Notre Sol, de part leurs bulletins de naissance ou obtentions de papiers, innommées «contrats», acquis par le dol sans libre-arbitre éclairé, sous menaces, et/ou mensonges ;

2- L'asservissement par une pseudo-dette, non contractée et non consentie par les Peuples au profit de quelques esclavagistes que l'Histoire que Nous écrirons nommera et jugera pour leurs méfaits ;

3- Les fraudes et mensonges mis en place afin de laisser les Peuples de Notre Terre dans la bêtise et l'ignorance de leur Histoire, de leur Nature et de leur Pouvoir ;

4- Le vol, le viol, le génocide et la division du règne du Vivant, qu'il soit Humain, Animal, Végétal ou même Minéral ;

Pour Rappel, les Constitutions, les Lois et autres Décrets devraient être garants de l'Intégrité, du Respect et de la mise en application de la Déclaration Universelle des Droits de l'Homme de 1948 comme mis en préambules dans ces textes.

De fait, chaque article de la Déclaration Universelle des Droits de l'Homme est perpétuellement bafoué et violé par les corporations esclavagistes dits « Etats».

En conséquence, Nous, le Peuple, décidons de faire Sécession avec toutes les corporations quelles qu'elles soient, et mettons fin à tous types de contrats consentis ou non, et par la présente Déclaration de Sécession, Nous déclarons notre Liberté et notre Souveraineté Entières et sans Condition comme l'impose la Déclaration Universelle des Droits de l'Homme.

Ici et maintenant, en tous temps et tous lieux, et pour toujours.

Nous, le Peuple Uni.

**Plaidoyer des Peuples, de la Création et du Vivant**
Ce texte est protégé par l'article 19 de la Déclaration Universelle des Droits de l'Homme.

La Vie Est et Je Suis.
Je m'adresse aux millions de Résistants en France et de par le monde, à ceux qui font face à la dictature sanitaire … et à tous ceux qui ont fini par comprendre le monde tel que décris dans ce livre et qui rejoignent notre combat dans la préservation du vivant.

Nous Sommes Libres !

En France la constitution est tombée en mars 2020. Pour rappel, ce texte est le garant des droits et des fondements de notre « démocratie ». En proclamant « l'état d'urgence sanitaire », Emmanuel Macron y a mis fin, s'octroyant les pleins pouvoir et faisant définitivement de notre pays une dictature sous couvert d'une « urgence sanitaire » qui n'existe pas.

En conséquence, le gouvernement français est en roue libre et promulgue des lois allant à l'encontre de la dignité humaine et au détriment du vivant.

De facto, ces lois sont toutes illégales et surtout illégitimes.
Le seul texte de loi encore en vigueur dans notre pays est l'article 1er du code civil du 15 mars 1803 qui dit que « seul le Roi peut promulguer des lois ». Le Trône de notre Royaume étant vacant, aucune loi ne peut être promulguée. Seuls les Traités Internationaux peuvent nous servir de support pour préserver l'intégrité du Vivant et nous garantir la Justice qui nous fait défaut actuellement.

Le plus haut placé de ces traités est la Déclaration Universelle des Droit de l'Homme de 1948 (appelée ici DUDH).

Pour ce plaidoyer, J'invoque donc l'article 2-1 de la DUDH qui dit que : « chacun peut se prévaloir de tous les droits et de toutes les libertés proclamés dans cette déclaration ».

J'accuse les membres des gouvernements et leurs partenaires pour les viols des articles suivants de la Déclaration Universelle des Droits de l'Homme :
article 1er ; article 3 ; article 4 ; article 5 ; article 6 ; article 7 ; article 9 ; article 13 ; article 17 ; article 18 ; article 19 ; article 20 ; article 21 paragraphes 1,2 et 3 ; article 23 ; article 25 ; article 26 paragraphes 1, 2 et 3 ; article 28 ; article 30.

En conséquence des viols de ces 18 articles de la DUDH, Je ne reconnais aucunement le gouvernement français, ni aucun autre, comme étant une autorité ayant juridiction légale et/ou légitime sur ma PERSONNE, sur mes biens ou sur un quelconque être vivant ou produit de la Création.

J'invite tous ceux pour qui résonnent ce Plaidoyer à se l'approprier, à l'incarner et à le diffuser le plus largement possible afin de mettre un terme aux exactions des corporations et multinationales illégitimes qui mettent en esclavage Notre Sang, Nos Enfants et le Vivant.

Ils ont déjà perdu, ils le savent ; et Nous sommes libres, ils le savent aussi.

# Déclaration Universelle des Droits de l'Homme de 1948

**[Avant Propos**

La Déclaration Universelle des Droits de l'Homme n'a rien perdu de son actualité depuis le jour de 1948 où elle a été proclamée et adoptée par l'Assemblée générale des Nations Unies. La clairvoyance et la détermination extraordinaires de ses auteurs ont donné un document qui, pour la première fois, énonçait les droits et les libertés inaliénables dont tous les êtres humains devaient pouvoir jouir sur un pied d'égalité. Aujourd'hui disponible dans plus de 360 langues, la Déclaration est le document le plus traduit du monde, ce qui témoigne de l'universalité tant de son contenu que de sa portée. Elle est désormais l'étalon par rapport auquel se mesurent le juste et l'injuste. Elle est le fondement d'un avenir d'équité et de dignité pour tous, et offre aux gens du monde entier une arme puissante contre l'oppression, l'impunité et les atteintes à la dignité humaine.

C'est dans la Charte des Nations Unies qu'est ancré l'engagement de l'Organisation en faveur des droits de l'homme. La communauté internationale a le devoir de défendre et de faire respecter ces droits. Nous devons veiller à ce que ceux dont les droits sont le plus en péril sachent que la Déclaration existe, et qu'elle existe pour eux. Nous devons chacun faire notre part pour que les droits universels qu'elle énonce aient une réalité concrète dans la vie de tous les hommes, toutes les femmes et tous les enfants, partout dans le monde.

_ BAN Ki-moon,
Secrétaire général aux Nations Unies.

## Introduction

« Tous les êtres humains naissent libres et égaux en dignité et en droits » : ce sont les mots les plus beaux et les plus vibrants que contienne un accord international. Les engagements pris par tous les États dans la Déclaration Universelle des Droits de l'Homme représentent un bel accomplissement car ils rejettent la tyrannie, la discrimination et le mépris des êtres humains, qui ont marqué l'histoire de l'homme.

La Déclaration Universelle des Droits de l'Homme garantit à chacun les droits économiques, sociaux, politiques, culturels et civils qui sont le fondement d'une vie à l'abri du besoin et de la peur.

Ces droits ne récompensent pas une bonne conduite. Ils ne sont pas propres à un pays, une époque ou un groupe social donnés. Ce sont les droits inaliénables dont jouissent, en tous temps et en tous lieux, toutes les personnes indépendamment de leur couleur, de leur race ou de leur groupe ethnique; qu'elles soient handicapées ou non, citoyennes ou migrantes; quels que soient leur sexe, leur appartenance sociale, leur caste, leurs croyances, leur âge ou leur orientation sexuelle.

L'adoption de la Déclaration Universelle des Droits de l'Homme n'a pas mis fin aux violations des droits de l'homme. Mais depuis lors, un nombre incalculable de personnes jouissent d'une plus grande liberté; il est possible de prévenir des atteintes aux droits de l'homme; et l'indépendance et l'autonomie sont devenues réalités.

De nombreuses personnes – malheureusement pas toutes – sont à l'abri de la torture, des détentions arbitraires, des exécutions sommaires, des disparitions forcées, des persécutions et des discriminations injustes, et peuvent avoir accès, dans des conditions équitables, à l'éducation, aux débouchés économique, à des ressources suffisantes et aux soins de santé. Elles ont obtenu justice pour les torts qu'elles ont subis ainsi que la protection, aux niveaux national et international, de leurs droits grâce au dispositif solide que constituent les instruments juridiques internationaux en matière de droits de l'homme.

Le pouvoir de la Déclaration Universelle des Droits de l'Homme est celui de changer les idées en vue de transformer le monde. La Déclaration est pour nous une source d'inspiration, qui nous incite à continuer d'œuvrer pour que tout un chacun obtienne que soit respecté son droit à la liberté, l'égalité et la dignité. Un aspect fondamental de cette tâche est de donner aux personnes les moyens de revendiquer ce qui doit être garanti, à savoir leurs droits fondamentaux.

_ Zeid Ra'ad Al Hussein,
Le Haut-Commissaire des Nations Unies aux Droits de l'Homme.

## Préambule

Considérant que la reconnaissance de la dignité inhérente à tous les membres de la famille humaine et de leurs droits égaux et inaliénables constitue le fondement de la liberté, de la justice et de la paix dans le monde,

Considérant que la méconnaissance et le mépris des droits de l'homme ont conduit à des actes de barbarie qui révoltent la conscience de l'humanité et que l'avènement d'un monde où les êtres humains seront libres de parler et de croire, libérés de la terreur et de la misère, a été proclamé comme la plus haute aspiration de l'homme,

Considérant qu'il est essentiel que les droits de l'homme soient protégés par un régime de droit pour que l'homme ne soit pas contraint, en suprême recours, à la révolte contre la tyrannie et l'oppression,

Considérant qu'il est essentiel d'encourager le développement de relations amicales entre nations,

Considérant que dans la Charte les peuples des Nations Unies ont proclamé à nouveau leur foi dans les droits fondamentaux de l'homme, dans la dignité et la valeur de la personne humaine, dans l'égalité des droits des hommes et des femmes, et qu'ils se sont déclarés résolus à favoriser le progrès social et à instaurer de meilleures conditions de vie dans une liberté plus grande,

Considérant que les États Membres se sont engagés à assurer, en coopération avec l'Organisation des Nations Unies, le respect universel et effectif des droits de l'homme et des libertés fondamentales,

Considérant qu'une conception commune de ces droits et libertés est de la plus haute importance pour remplir pleinement cet engagement,

L'Assemblée générale proclame la présente Déclaration Universelle des Droits de l'Homme comme l'idéal commun à atteindre par tous les peuples et toutes les nations afin que tous les individus et tous les organes de la société, ayant cette Déclaration constamment à l'esprit, s'efforcent, par l'enseignement et l'éducation, de développer le respect de ces droits et libertés et d'en assurer, par des mesures progressives d'ordre national et international, la reconnaissance et l'application universelles et effectives, tant parmi les populations des États Membres eux-mêmes que parmi celles des territoires placés sous leur juridiction.

**Article 1er** : Tous les êtres humains naissent libres et égaux en dignité et en droits. Ils sont doués de raison et de conscience et doivent agir les uns envers les autres dans un esprit de fraternité.

**Article 2** : 1. Chacun peut se prévaloir de tous les droits et de toutes les libertés proclamés dans la présente Déclaration, sans distinction aucune, notamment de race, de couleur, de sexe, de langue, de religion, d'opinion politique ou de toute autre opinion, d'origine nationale ou sociale, de fortune, de naissance ou de toute autre situation.
    2. De plus, il ne sera fait aucune distinction fondée sur le statut politique, juridique ou international du pays ou du territoire dont une personne est ressortissante, que ce pays ou territoire soit indépendant, sous tutelle, non autonome ou soumis à une limitation quelconque de souveraineté.

**Article 3** : Tout individu a droit à la vie, à la liberté et à la sûreté de sa personne.

**Article 4** : Nul ne sera tenu en esclavage ni en servitude ; l'esclavage et la traite des esclaves sont interdits sous toutes leurs formes.

**Article 5** : Nul ne sera soumis à la torture, ni à des peines ou traitements cruels, inhumains ou dégradants.

**Article 6** : Chacun a le droit à la reconnaissance en tous lieux de sa personnalité juridique.

**Article 7** : Tous sont égaux devant la loi et ont droit sans distinction à une égale protection de la loi. Tous ont droit à une protection égale contre toute discrimination qui violerait la présente Déclaration et contre toute provocation à une telle discrimination.

**Article 8** : Toute personne a droit à un recours effectif devant les juridictions nationales compétentes contre les actes violant les droits fondamentaux qui lui sont reconnus par la constitution ou par la loi.

**Article 9** : Nul ne peut être arbitrairement arrêté, détenu ni exilé.

**Article 10** : Toute personne a droit, en pleine égalité, à ce que sa cause soit entendue équitablement et publiquement par un tribunal indépendant et impartial, qui décidera soit de ses droits et obligations, soit du bien-fondé de toute accusation en matière pénale dirigée contre elle.

**Article 11** : 1. Toute personne accusée d'un acte délictueux est présumée innocente jusqu'à ce que sa culpabilité ait été légalement établie au cours d'un procès public où toutes les garanties nécessaires à sa défense lui auront été assurées.
    2. Nul ne sera condamné pour des actions ou omissions qui, au moment où elles ont été commises, ne constituaient pas un acte délictueux d'après le droit national ou international. De même, il ne sera infligé aucune peine plus forte que celle qui était applicable au moment où l'acte délictueux a été commis.

**Article 12** : Nul ne sera l'objet d'immixtions arbitraires dans sa vie privée, sa famille, son domicile ou sa correspondance, ni d'atteintes à son honneur et à sa réputation. Toute personne a droit à la protection de la loi contre de telles immixtions ou de telles atteintes.

**Article 13** : 1. Toute personne a le droit de circuler librement et de choisir sa résidence à l'intérieur d'un État.

2. Toute personne a le droit de quitter tout pays, y compris le sien, et de revenir dans son pays.

**Article 14** : 1. Devant la persécution, toute personne a le droit de chercher asile et de bénéficier de l'asile en d'autres pays.

2. Ce droit ne peut être invoqué dans le cas de poursuites réellement fondées sur un crime de droit commun ou sur des agissements contraires aux buts et aux principes des Nations Unies.

**Article 15** : 1. Tout individu a droit à une nationalité.

2. Nul ne peut être arbitrairement privé de sa nationalité, ni du droit de changer de nationalité.

**Article 16** : 1. À partir de l'âge nubile, l'homme et la femme, sans aucune restriction quant à la race, la nationalité ou la religion, ont le droit de se marier et de fonder une famille. Ils ont des droits égaux au regard du mariage, durant le mariage et lors de sa dissolution.

2. Le mariage ne peut être conclu qu'avec le libre et plein consentement des futurs époux.

3. La famille est l'élément naturel et fondamental de la société et a droit à la protection de la société et de l'État.

**Article 17** : 1. Toute personne, aussi bien seule qu'en collectivité, a droit à la propriété.

2. Nul ne peut être arbitrairement privé de sa propriété.

**Article 18** : Toute personne a droit à la liberté de pensée, de conscience et de religion ; ce droit implique la liberté de changer de religion ou de conviction ainsi que la liberté de manifester sa religion ou sa conviction, seule ou en commun, tant en public qu'en privé, par l'enseignement, les pratiques, le culte et l'accomplissement des rites.

**Article 19** : Tout individu a droit à la liberté d'opinion et d'expression, ce qui implique le droit de ne pas être inquiété pour ses opinions et celui de chercher, de recevoir et de répandre, sans considérations de frontières, les informations et les idées par quelque moyen d'expression que ce soit.

**Article 20** : 1. Toute personne a droit à la liberté de réunion et d'association pacifiques.
    2. Nul ne peut être obligé de faire partie d'une association.

**Article 21** : 1. Toute personne a le droit de prendre part à la direction des affaires publiques de son pays, soit directement, soit par l'intermédiaire de représentants librement choisis.
    2. Toute personne a droit à accéder, dans des conditions d'égalité, aux fonctions publiques de son pays.
    3. La volonté du peuple est le fondement de l'autorité des pouvoirs publics ; cette volonté doit s'exprimer par des élections honnêtes qui doivent avoir lieu périodiquement, au suffrage universel égal et au vote secret ou suivant une procédure équivalente assurant la liberté du vote.

**Article 22** : Toute personne, en tant que membre de la société, a droit à la sécurité sociale ; elle est fondée à obtenir la satisfaction des droits économiques, sociaux et culturels indispensables à sa dignité et au libre développement de sa personnalité, grâce à l'effort national et à la coopération internationale, compte tenu de l'organisation et des ressources de chaque pays.

**Article 23** : 1. Toute personne a droit au travail, au libre choix de son travail, à des conditions équitables et satisfaisantes de travail et à la protection contre le chômage.
    2. Tous ont droit, sans aucune discrimination, à un salaire égal pour un travail égal.

3. Quiconque travaille a droit à une rémunération équitable et satisfaisante lui assurant ainsi qu'à sa famille une existence conforme à la dignité humaine et complétée, s'il y a lieu, par tous autres moyens de protection sociale.

4. Toute personne a le droit de fonder avec d'autres des syndicats et de s'affilier à des syndicats pour la défense de ses intérêts.

**Article 24** : Toute personne a droit au repos et aux loisirs et notamment à une limitation raisonnable de la durée du travail et à des congés payés périodiques.

**Article 25** : 1. Toute personne a droit à un niveau de vie suffisant pour assurer sa santé, son bien-être et ceux de sa famille, notamment pour l'alimentation, l'habillement, le logement, les soins médicaux ainsi que pour les services sociaux nécessaires ; elle a droit à la sécurité en cas de chômage, de maladie, d'invalidité, de veuvage, de vieillesse ou dans les autres cas de perte de ses moyens de subsistance par suite de circonstances indépendantes de sa volonté.

2. La maternité et l'enfance ont droit à une aide et à une assistance spéciale. Tous les enfants, qu'ils soient nés dans le mariage ou hors mariage, jouissent de la même protection sociale.

**Article 26** : 1. Toute personne a droit à l'éducation. L'éducation doit être gratuite, au moins en ce qui concerne l'enseignement élémentaire et fondamental. L'enseignement élémentaire est obligatoire. L'enseignement technique et professionnel doit être généralisé ; l'accès aux études supérieures doit être ouvert en pleine égalité à tous en fonction de leur mérite.

2. L'éducation doit viser au plein épanouissement de la personnalité humaine et au renforcement du respect des droits de l'homme et des libertés fondamentales. Elle doit favoriser la compréhension, la tolérance et l'amitié entre toutes les nations et tous les groupes raciaux ou religieux, ainsi que le développement des activités des Nations Unies pour le maintien de la paix. 3. Les parents ont, par priorité, le droit de choisir le genre d'éducation à donner à leurs enfants.

**Article 27** : 1. Toute personne a le droit de prendre part librement à la vie culturelle de la communauté, de jouir des arts et de participer au progrès scientifique et aux bienfaits qui en résultent.
2. Chacun a droit à la protection des intérêts moraux et matériels découlant de toute production scientifique, littéraire ou artistique dont il est l'auteur.

**Article 28** : Toute personne a droit à ce que règne, sur le plan social et sur le plan international, un ordre tel que les droits et libertés énoncés dans la présente Déclaration puissent y trouver plein effet.

**Article 29** : 1. L'individu a des devoirs envers la communauté dans laquelle seul le libre et plein développement de sa personnalité est possible.
2. Dans l'exercice de ses droits et dans la jouissance de ses libertés, chacun n'est soumis qu'aux limitations établies par la loi exclusivement en vue d'assurer la reconnaissance et le respect des droits et libertés d'autrui et afin de satisfaire aux justes exigences de la morale, de l'ordre public et du bien-être général dans une société démocratique.
3. Ces droits et libertés ne pourront, en aucun cas, s'exercer contrairement aux buts et aux principes des Nations Unies.

**Article 30** : Aucune disposition de la présente Déclaration ne peut être interprétée comme impliquant, pour un État, un groupement ou un individu, un droit quelconque de se livrer à une activité ou d'accomplir un acte visant à la destruction des droits et libertés qui y sont énoncés.]

# CODE CIVIL.

(Décrété le 5 mars 1803. Promulgué le 15 du même mois.)

## TITRE PRÉLIMINAIRE.

*De la Publication, des Effets et de l'Application des Lois en général.*

ART. I.er L ES lois sont exécutoires dans tout le territoire français, en vertu de la promulgation qui en est faite par le Roi.

Elles seront exécutées dans chaque partie du royaume, du moment où la promulgation en pourra être connue.

La promulgation faite par le Roi sera réputée connue dans le département de la résidence royale, un jour après celui de la promulgation ; et dans chacun des autres départemens, après l'expiration du même délai, augmentée d'autant de jours qu'il y aura de fois dix myriamètres (environ vingt lieues anciennes) entre la ville où la promulgation en aura été faite, et le chef-lieu de chaque département.

2. La loi ne dispose que pour l'avenir ; elle n'a point d'effet rétroactif.

3. Les lois de police et de sûreté obligent tous ceux qui habitent le territoire.

Les immeubles, même ceux possédés par des étrangers, sont régis par la loi française.

Les lois concernant l'état et la capacité des per-

∞

Pour Information : Tout ce qui est écrit dans cet ouvrage est vérifiable. Il vous appartient d'aller chercher vous-mêmes.

∞

A ma cousine qui m'a permit de faire une halte dans son havre de paix, où j'ai pu finaliser cet ouvrage,

A tous ceux qui m'ont soutenu, et à ceux qui m'ont brisé,

A mes maitres et à mes élèves,

A mes Guides et mes Gardiens protecteurs, qu'ils soient dans la matière ou dans l'invisible,

Au Créateur et à sa Création,
A Sophia et à la Source de tout,

A l'Unité de ce que nous sommes.

A toi aussi lecteur, puisses-tu faire parti des Justes.

Et à tous ceux et celles qui ont fait, qui font, et qui feront éclater la Vérité.

Dans ce Monde devenu fou, il nous appartient de rétablir un peu de justesse. Ne croyez rien de ce qui est écrit dans ce livre.

Cherchez vous-mêmes et faites éclater <u>votre Vérité</u> !